KB028883

우리 같이
좀 삽시다

다 같이
잘 살게 해주는
마음 공유경제

우리 같이
좀 삽시다

이
서
정
지
음

마음의숲

"소유의 시대는 끝났다"

−제러미 리프킨(미래학자)

'나 혼자 잘 먹고
나 혼자 잘 살면 뭐 해'

몽골 사막에서 흔히 보는 낙타는 절대 자기 새끼 아니면 젖을 물리지 않는다. 불의의 사고로 어미를 잃은 새끼는 죽을 수밖에 없는 운명이다. 다른 어미 낙타는 고아가 된 새끼를 거들떠보지도 않는다.

이러한 낙타의 습성을 잘 아는 몽골 유목민들은 낙타의 마음을 움직이기 위해 마두금이란 현악기로 놀라운 연주를 시작한다. 마두금 연주자가 한 시간 동안 구슬프게 연주하고, 낙타 주인은 어미 낙타 옆에서 모성 본능을 자극하는 한없이 슬픈 노래를 부른다. 어미 낙타가 눈물을 흘릴 때까지 세상에서 제일 슬픈 연주를 하는 것이다.

세상에서 가장 아픈 울음은 끊어질 듯 이어진다. 애잔하게 흐르는 연주와 노래를 들으면 어미 낙타는 고요해진 두 눈 사이로 그렁그렁 맺힌 눈물을 쏟아낸다. 저 깊은 곳에 숨어 있던 모성애가 아련한 연주와 노래를 통해 위로받으며 낯선 새끼에게 자기 젖을 내밀게 한다.

다큐멘터리 〈낙타의 눈물〉은 슬픔과 고통을 뛰어넘고 새끼와 함께하는 놀라운 감동을 보여준다. 경이롭고, 뭉클하고, 연민으로 가득 찬 아련한 감동이었다.

끝까지 뻗대며 외면하던 어미 낙타가 마두금의 구슬픈 연주와 노래에 눈물을 흘리며 가만히 새끼에게 자기 젖을 내준다. 태어나 처음으로 어미젖을 빠는 새끼는 이제 평화롭기만 하다.

끄덕 않고 닫혀 있던 모성애를 일깨우며 새끼를 향하는 아름다운 인연의 따듯함이 좋았다. 마두금을 통한 노래와 연주로 어미와 새끼가 서로 나누는 따듯한 눈빛을 보며 '함께 함, 함께 삶'의 행복을 다시 보았다.

우리는 행복한 삶을 누릴 권리가 있다. 모두가 치열한 자기 훈련을 거치며 내가 꿈꾼 삶의 목표를 이루기 위해 어떠한 희생과 고난도 거부하지 않는다. 그건 내가 속한 공동체에서 내 역할을 하기 위한 최소한의 노력이다. 우리가 사는 공동체에서 제 역할을 하려는 충실한 책임감이다.

세상은 우리가 살아온 과거의 삶과는 다르게 앞을 가늠할 수 없을 만큼 격랑의 물결 속에 소용돌이치고 있다. 도무지 앞을 예측하기 힘든 변화는 물론이고, 내 삶이 나 혼자만의 삶이 아니라 타인과의 그물망 같은 관계로 맺어져 있기에 어려움은 배가 된다.

'나'는 결코 혼자 살 수 없다. 우리는 개인 또는 사회와 유기적 연결고리로 이어져 있다. 또 미래 세계는 현실과 가상공간 사이에서 너와 내가 끊임없이 조우하게 된다. 디지털 공간의 삶이 내 삶의 일부가 될 때 '나'는 어떻게 살아야 하는 건지 의문이 든다.

초식동물인 사슴은 좋은 풀밭을 만나면 그 자리에서 크게 소리 내어 운다고 한다. 이 너른 들판에 펼쳐진 풀들을 혼자 먹기 아쉬워 주위에 있는 친구 사슴들에게 울음으로 신호를 보낸다는 것이다.

좋은 풀밭을 만나면 내는 특별하고도 예쁜 울음소리는 "맛있는 식사가 준비되어 있어요, 모두 모여 같이 먹읍시다"라는 메시지다.

우리도 사슴의 울음소리를 내야 한다.

"나 혼자 잘 먹고 나 혼자 잘 살면 뭐 해? 함께 사는 게 중요하지."

우리가 앞으로 살아갈 세상은 이런 사람들이 모여 사는 곳이어야 한다. 함께 먹고, 함께 누리고, 함께 나누고, 함께 행복을 추구하는 삶이어야 한다.

우리가 꿈꿀 세상은 함께하는 삶의 토대가 마련된 세상이고, 내 존재 가치를 더 풍요롭게 만들어내는 세상이다. 혼밥, 혼술로 달래던 나를 잠시 내려놓고 주위를 돌아볼 일이다. 거기엔 나처럼 혼밥, 혼술로 자신을 바라보는 또 다른 내가 있다. 그들에게 손 내밀어보고, 끌어안아볼 일이다.

사슴이 자기만 먹지 않고 배고픈 다른 친구들에게 먹을거리가 있다고 울음으로 알려주는 그런 일들을 우리도 함께 해볼 일이다. 모두가 함께 사는 세상에서 오늘부터 '우리'로 살아볼 일이다.

비정했던 어미 낙타와 가녀린 새끼를 모아주고 이어주는 마두금 같은 교감의 손길이 우리 삶에도 다가와 함께 사는 행복한 삶으로 이어졌으면 좋겠다.

이제 그 손길이 바로

나의 손길일 수도 있고,

너의 손길일 수도 있고,

우리 모두의 손길일 수도 있었으면 좋겠다.

◐ 차례

PART 1 우리 같생합시다

PART 1

우리
같생합시다

갓생에는 개인주의와 이기주의가 숨어 있다.
나 혼자만 갓생으로 과시하고 존재감을 드러내려는
개인적인 욕구가 담겨 있다.
그런 바람직한 생활 태도를 남들과 공유하면 안 될까?

손해 보지 않으려다
손해 보고

우주에서 생명체가 존재하는 유일한 행성 지구.
생명체가 존재하는 행성이 우주에 있을 거라고
학자들은 굳게 믿지만, 아직 찾아내지 못했다.

분명 지구는 독자적이고 특별한 행성이다.
그렇지만 혼자서 존재할 수는 없다.
헤아릴 수 없는 우주의 별들 중
하나에 불과하다.
태양계의 구성원으로서 다른 행성들과 어울리며
태양과 달 등에 절대적인 영향을 받는다.
태양이 없으면 지구도 없다.

마찬가지로 나를 좋은 어른으로 만들어준 것은
내 노력과 가치관만이 아니라
주변 사람의 도움과 애정으로 가능해진다.
나를 낳은 부모의 헌신적인 보살핌과
꾸준한 교육을 통해 내가 만들어졌다.
내 인격, 지식, 능력, 재능 등은
많은 이의 도움을 통해 성장한 것이다.

그러나 사회에서 살아남으려면 경쟁해야 한다.
안타깝게도 지금은 승자독식의 시대다.
내가 남에게 양보하고 손해를 보면
목숨을 건 생존경쟁에서 밀려날지도 모른다.
그러다가는 끝내 '볼품없는 인간'이 돼서
사회로부터 도태될지도 모른다.
이런 현실에서 누가 나더러
"손해 보고 살아라" 한다면 미친 소리로 들릴 것이다.

그렇다면 수단과 방법을 가리지 않고
경쟁에서 이겨야만 살아남을 수 있을까?
손해 보지 않고 이익을 얻기 위해서는

무슨 일이든 해야만 내가 나답게 살 수 있을까?

저명한 80대 원로 목사가 책을 출간하면서
기자와 인터뷰를 했다.
기자가 마지막으로 물었다.
"코로나19 팬데믹으로 인해 고통의 한가운데에서
크리스마스를 맞습니다. 좋은 말씀 부탁드립니다."

목사가 말했다.
"손해 보는 사람이 되자는 것입니다.
저는 좋은 사람을 사귀고 싶다면
손해 보는 일을 하라고 권합니다.
이익이 남을 것 같은 자리에는
귀신같이 나쁜 사람들이 모입니다."

완전 동의한다.
오로지 이익만을 추구하는 사람 옆에는
그와 비슷한 사람들이 몰리는 경우를
우리는 자주 볼 수 있다.
말과 행동이 다른 사람,

이해타산에 민감하고 약삭빠른 사람,

잔꾀와 요령이 뛰어난 사람,

거짓말을 아무렇지 않게 하는 사람 등

그런 사람들은 그런 사람들끼리 모이게 된다.

좋은 사람은 좋은 사람끼리 어울리고

나쁜 사람은 나쁜 사람끼리 어울리기 마련이다.

우주에서 지구가 유별나도 홀로 존재할 수 없듯이

나도 이 세상에 홀로 존재할 수 없다.

우리는 수많은 사람과 인연을 맺으며 살아가야 한다.

그것은 인간의 숙명이다.

그들 중 좋은 사람도 있고 나쁜 사람도 있다.

어떤 부류의 사람들과 사귀고 어울리느냐는

나에게 달려 있다.

사회에는 겉모습만으로는 속마음을 알 수 없는

온갖 사람이 많다.

친구들끼리 회식할 때

언제나 돈 한 푼 안 내고 얻어먹기만 하는 사람이나,

힘든 작업이 있을 때 요령을 피우며

일하지 않는 사람이 있다.

우리는 그런 사람을 '얌체'라고 부른다.

얌체는 자기에게 유리한 행동만 해서 얄밉다.

절대로 손해 보지 않는 행동만 한다.

물론 이런 얌체보다 더 나쁜 사람들도 많다.

자기를 믿는 친구를 속여 득을 얻으려 하거나,

친구가 거둔 성과를 가로채거나,

자기가 겪어야 할 고통을 친구에게 떠넘기는

나쁜 사람들이 많다.

이런 사람들에겐 어떤 어려움이 닥쳤을 때

그 누구도 발 벗고 나서주지 않는다.

심지어 경조사조차도 외면한다.

그것은 인과응보이며 자업자득이다.

내가 좀 손해를 보더라도 다른 사람에게 양보하고,

모두가 꺼려하는 궂은일에 앞장서는 사람 곁에는

저절로 좋은 사람들이 모이게 된다.

어려움을 겪을지라도 좋은 사람들의 도움으로

곤경에서 벗어나게 된다.

좋은 사람들과 어울리기에
좋은 기회가 저절로 찾아온다.

'손해보험'이 있다.
보험료를 돌려받지 못하는 건 손해지만
내가 특정한 손해를 보게 됐을 때 보상해준다.

내가 좀 손해를 보는 것은
결국 손해보험에 드는 것과도 같다.
나와 너의 관계에서 생긴 손해는
내 훗날의 사고를 예방하고
노후를 든든하게 해줄 것이다.

나는 너를 믿는다.
그 믿음의 두께만큼 우리는 안전하다.

'갓생'과
'같생'합시다

유행어 중 '갓생'이 있다.
갓생은 신을 뜻하는 갓^{god}과
삶을 뜻하는 생^{生}이 합쳐진 말이다.

현실은 청년세대들에게 그야말로 '헬조선'이다.
뜻대로 되는 일이 아무것도 없다.
스펙을 열심히 쌓는다고 해서
금방 취업이 되지는 않는다.
비싼 방 값과 생활비 탓에 아르바이트를 안 할 수도 없다.

청마 유치환의 〈그리움〉이라는 시에 나오는
"파도야 어쩌란 말이냐

날 어쩌란 말이냐"라는 문장처럼
청년들은 절규하고 있을지도 모른다.
한숨이 저절로 나오고 답답하다.
자신의 처지를 고민할수록
더욱 참담하고 울분이 치솟는다.
'정말 나더러 어쩌란 말이냐…….'

암울한 현실에 좌절하고 그 모든 것을 체념하자니
내가 살아온 날보다 살아갈 날이 훨씬 많다.
좋은 날이 오기를 마냥 기다리자니 미래가 불안하다.
남들은 다 스펙 쌓고 준비하는데
나 혼자서 현실에 불만을 토로하고 분노한다고 해서
내게 무슨 변화가 있고 무슨 삶의 낙이 있겠는가?

'갓생'은 청년들의 이러한 자기반성 속에서 등장했다.
이는 현실을 수용하려는 태도다.
참담한 현실에 짓눌려 좌절하거나 반발하기보다는
내 힘으로 어찌할 수 없는 현실을 받아들이자는 것이다.

잃어버렸던 자신의 꿈과 목표를 향해서

구체적인 계획을 세우고 착실하게 실천해
반드시 성공하겠다는 포부를 담고 있다.

이는 분명 바람직한 가치관이다.
스스로 다독이며 자신의 발전을 도모할 수 있다.
속도가 느리더라도 괜찮다.
목표 달성은 속도가 아니라 방향에 달려 있다.
하루하루 생활에 내가 만족하고
조금이라도 보람을 느낀다면
그것만으로도 행복과 가까워진다.

하지만 갓생에는 개인주의와 이기주의가 숨어 있다.
나 혼자만 갓생으로 과시하고 존재감을 드러내려는
개인적인 욕구가 담겨 있다.
그런 바람직한 생활 태도를 남들과 공유하면 안 될까?

이 같은 바람에서 등장한 것이 '같생'이다.
같생은 갓생을 공유하며 함께 살아가자는
공동체적 실천이다.
"우리 모두 같생합시다!"

갓생을 실천하는 사람은
같생의 공동체적 요구를 받아들이는 게
자기 자신에게도 도움이 된다.
SNS와 각종 매체를 통해 사회적 관계를 맺고
미래로 가는 길을 함께 논의하고 도움을 주고받다 보면
좋은 아이디어와 아무도 발견하지 못한
지름길이 나타날지도 모른다.

나만 잘되기보다 여럿이서 함께 잘되면
기쁨과 보람이 한결 더 크다.
우리는 우리로서의 DNA가 존재한다.
그 기쁨을 다 함께 누렸으면 한다.

혼자 가면 빨리 가지만
함께 가면 멀리 가는데

새해가 시작되면 많은 문자메시지가 온다.
"더욱 건강하라, 복 많이 받아라,
좋은 일만 있기를 바란다,
하는 일이 모두 잘되기 바란다" 등
대부분 보편적인 신년 인사였는데
눈에 띄는 메시지가 하나 있었다.

"새해를 맞아 5통 하시기 바랍니다."

'이게 뭐지?'
이어서 그 밑에는 5통을 소개하는 내용이었다.
운수대통, 만사형통, 요절복통, 의사소통, 전화 한 통

이렇게 다섯 가지였다.
운수대통이나 만사형통은 일반적인 새해 인사라지만,
나머지 세 가지 통은 무슨 의미일까?

요절복통은 허리가 끊어지고
배가 아플 만큼 깔깔 웃어댈 수 있는
즐겁고 기쁜 일들이 가득하기를 바란다는 의미다.
대개의 통通은 다 좋은 의미인 것에 비해
요절복통의 통은 아파서 고통스럽다는 뜻의 통痛이다.
어쩌면 웃음의 뒷면에는 고통스런 통증이 서리고 있다는
삶의 지혜일지도 모른다.

의사소통은 흔히 말하는 소통이다.
소통은 혼자 하는 게 아니다.
너와 내가 함께 하는 것이다.
개인과 사회를 긍정적인 방향성으로
이끄는 게 바로 소통이다.

그동안 잊고 있던 친구들,
여러 이유로 서먹서먹했던 지인들,

어떤 연유로 서로 감정이 좋지 않은 사람들에게
내가 먼저 전화 한 통을 걸어 안부라도 묻는다면
자연스럽게 바람직한 소통의 기회가 찾아올지도 모른다.

내가 아무리 잘났어도 이 세상에 혼자 살 수는 없다.
나를 중심으로 거미줄처럼 연결된 인간관계가 없다면
사람답게 살아갈 수 없다.
올바른 인간관계의 연결고리가 바로 소통이다.

"혼자 가면 빨리 가지만 함께 가면 멀리 간다"고 한다.
우리 삶은 짧지 않고
그렇기에 이 길은 멀고 험난한 길이 될 것이다.
'나는 무조건 옳다'라는 독선,
자기밖에 모르는 이기주의를 버려야 멀리 간다.
내가 남을 외면하면 남도 나를 외면한다.
소통할 줄 모르는 사람도 통은 통이다.
'고집불통!'

서로 통하는 사람과 함께 가야 한다.
가는 길이 힘들어 잠시 쉴 때면 말벗이 되어주고,

넘어지면 일으켜주고,
비틀거릴 때 부축해주고,
기진맥진했을 때 업고 가주는
그런 동행이 필요하다.

함께 가는 사람이 있어야
아무리 먼 길도 끝까지 갈 수 있고
이루고자 한 바도 이룰 수 있다.
긍정적인 소통은 늘 바라던 소망을
내 눈앞까지 끌고 와준다.

나도 그런 형이
되었으면 좋겠어요!

자전거 주인이 멋있게 생긴 자전거를 닦고 있는데
한 소년이 다가와 호기심 어린 눈으로 바라봤다.

소년은 슬며시 물었다.
"아저씨, 이 자전거 꽤 비싸게 주고 사셨지요?"

그러자 자전거 주인이 슬쩍 미소 지으며 대답했다.
"아니, 이 자전거는 형님이 내게 주신 거란다."

이 말이 끝나자마자 소년은 부럽다는 눈치로 금세
"나도……."라는 말이 나왔다.

그때 자전거 주인은 당연히 그 소년이
'나도 그런 형이 있어서
이런 자전거를 선물 받았으면 좋겠다'고 말할 줄 알았다.

그런데 뜻밖에도 소년의 다음 말은……
"나도 그런 형이 되었으면 좋겠어요.
우리 집에는 심장이 약한 내 동생이 있는데……
그 애는 조금만 뛰어도 숨을 헐떡여요.
나도 내 동생에게 이런 멋진 자전거를
선물해주고 싶어요."

누군가를 위해서 무엇인가를 해줄 수 있다는 뿌듯함,
내가 행한 것이 누군가의 행복이 되는 즐거움,
내 자그만 베풂이 누군가에게는 희망이 되는 기쁨,

나보다 남을 먼저 챙기는 마음이 앞선다면,
그 삶은 얼마나 향기로울 것인가.
내가 먼저 먹기보다
다른 이에게 먼저 먹게 하는 아량이 있다면
그 삶은 얼마나 평화로울 것인가.

다른 이의 아픔을 내 아픔처럼 받아들여 위로해준다면
그 삶은 얼마나 정겨울 것인가.

소년은 심장이 약한 동생에게 모든 것을 해주고 싶었다.
이제 소년의 마음을 우리에게 대입해보자.
내가 다른 사람에게 그런 마음과 위로를 품고
살아가는 일이란 얼마나 행복한 것일까.

우리가 다른 사람에게 그런 사람이 될 수 있다는 건
얼마나 얼마나 거대한 일일까.

제발 그런 짓 좀
그만해!

친구와 만나기로 한 카페에서
옆자리에 앉아 있는 두 남자를 보았다.
한 남자의 목소리가 들렸다.

"제발 그런 짓 좀 그만해!"

무슨 소린가 해서 귀를 기울였다.
두 남자는 가까운 친구처럼 보였다.
남자 중 한 명이 다른 친구들에게 전화를 걸어
다단계 세일즈를 은근히 강요했다고 한다.

이어지는 대화를 들어보니 다단계 강매 전에는

보험회사에 다녔던 것 같다.

그때도 친구들한테,

심지어는 친구들의 어머니에게도 전화를 걸어

보험을 들어달라고 사정했다고 한다.

옆 테이블 남자의

"제발 그런 짓 좀 그만해!"

이 소리가 참 절망스럽게 들렸다.

친구의 강매 요청이 꽤나 부담스러웠을 거다.

그리고 그 강매 요청이 나뿐만이 아니라

다른 친구들에게도 권해지고 있다면

부담스러운 일로만 끝나는 게 아니라

한스럽기까지 할 거다.

세일즈는 낯선 사람들을 설득해서 물품을 팔아야 된다.

능력이 안 되는 세일즈맨은

일가친척, 친구들에게 물품을 판다.

이런 자기 닭 잡아먹기가 끝나면 판매 물품을 바꾼다.

그리고 또다시 일가친척, 친구들을 순례한다.

그러다 보니 "제발 그런 짓 좀 그만해!" 소리가 나온다.

도움을 주는 것과 이용하는 것은 다르다.
자기 이익을 위해 친구를 끌어들이다가는
소중한 친구를 잃기 쉽다.

허물없이 가까운 친구라도 돈으로 엮여서는 안 된다.
둘 사이 우정에 금이 가는 것도 큰 문제지만,
둘을 아는 다른 사람과의 관계에도 문제가 생긴다.
아무리 가까운 관계라도 돈이 들어가면
그 관계는 언제 무너질지 모르는 둑이 된다.

또 다른 사례를 들어본다.
인파가 북적이는 거리를 걷는데,
두 아주머니가 싸우고 있었다.
그들은 사과를 파는 노점상이었다.

두 사람은 서로 잘 아는 사이였는데,
자리다툼하다가 큰 싸움으로 번진 것이었다.
언성이 점점 높아지고 삿대질이 오가더니
한 아주머니가 상대편 아주머니에게
"그러니까 아들이 무기징역을 받고 감옥에서 썩고 있지."

심한 말을 내뱉었다.
그 말을 들은 아주머니가 갑자기 대성통곡하더니,
광주리에 가득 든 사과를
수많은 차가 오가는 차도에 내던졌다.
당연히 큰 소동이 벌어졌다.

그 아주머니의 아픈 상처를 건드린 것이다.
자신의 생계인 사과를 큰길로 내던져버릴 만큼.

두 아주머니는 오랫동안 노점에서 함께 사과를 팔며
어려운 사정을 서로 보듬는 사이지 않았을까.
돈을 더 벌 수 있는 자리를 선점하기 위해
자리다툼하기 전에는,
상처가 되는 말을 하기 전에는…….
상처받은 아주머니는 이 말을 하고 싶었을 거다.

"제발, 그런 말 좀 하지 마!"
우리 모두 함께 살아가기 위해서는
'제발 그런 짓, 제발 그런 말'을 하지 말아야,

'함부로 남 욕하고, 함부로 남에게 행동하는'

그런 '너'가 되지 말아야지,

그런 너를 나는 견딜 수가 없거든.

작은 미끼가
큰 물고기를 잡는다

자연 생태계에는 '먹이사슬'이 있다.
생명체끼리 먹고 먹히는 관계를 말한다.
이를테면 식물은 초식동물이 먹고,
초식동물은 육식동물의 먹이가 된다.

눈에 보이지 않는 세균이나 플랑크톤 같은 미생물은
새우와 같이 작은 생명체의 먹이가 되고,
또 작은 생명체들은 점점 더 큰 육식동물의 먹이가 된다.
그렇게 해서 사자가 최상위 포식자 위치에 선다.
하지만 실질적인 최상위 포식자는 우리 인간이다.
그렇다면 인간에게 천적은 없는 것일까?

자연의 오묘한 섭리는 우리를 놀라게 한다.
최상위 포식자 인간이 최하위 피식자 세균에게
호되게 당하고 있기 때문이다.

세균이 일으키는 각종 질환,
특히 전염병이 인간을 위협하고 있다.
강력한 전염병이 창궐하면
수백만, 수천만 명의 인간이 한꺼번에 희생당한다.
코로나19 팬데믹이 그렇지 않은가?
전 인류가 큰 고통을 받고 있다.
인간뿐이 아니다.
사자를 비롯해 하늘을 나는 조류까지 전염병에 걸린다.

먹이사슬은 뫼비우스의띠 같다.
어떤 정점이나 종착점이 있는 게 아니라 돌고 돈다.
인간으로 시작해서 다시 인간으로 돌아온다.
'업보'라는 말처럼 인간이 저지른 잘못이
인간을 향하는 중인지도 모른다.
우리가 자연을 파괴했기에,
우리가 포식자인 줄만 알았기에,

지금 우리가 피식자가 되었는지도 모른다.

원인이 있으면 반드시 그에 따른 결과가 있듯이,
내 말과 행동은 반드시 내게로 돌아온다.
한마디로 '뿌린 대로 거두리라'라고 할 수 있다.
선행과 악행에 대해서도 이를 대입할 수 있다.
내가 선행을 베풀면 내게도 선행이 찾아온다.
내가 악행을 저지르면 내게도 악행이 찾아온다.
남을 위해 베풀고 나누는 건 좋은 일이다.
그러면 남들도 나를 위해 기꺼이 베풀고 나눈다.
하지만 내가 남을 괴롭혔다면
나도 언젠가는 남들에게 괴롭힘을 당한다.

최근 사회는 유명인들의 '학폭 미투'로 떠들썩했다.
그 내용은 유명인들이 과거 학창 시절에
다른 동창생들을 괴롭혔다는 이야기다.
피해자들이 온라인 커뮤니티에
자신이 당했던 피해 사실을 남기자
그에 따른 비난 여론이 들끓었다.

인기 스타라도 그 여파를 피할 수 없었다.
출연 중인 프로그램에서 중도 하차하고 말았다.
뛰어난 스포츠 선수 역시 팀에서 퇴출당했다.

거액을 잃고, 일자리를 잃고,
이미지가 나빠지는 건 한순간이었다.
나락으로 떨어진다.
모두 자업자득이며 인과응보다.
그런가 하면 선행이 선행으로 돌아온
감동적인 이야기도 있다.

2021년 12월, 70대 재미 교포가
서대문경찰서 신촌지구대에 2천 달러를 보냈다.
50여 년 전 몹시 추운 어느 겨울밤,
그는 굶주린 배를 안고 신촌 거리를 걷고 있었는데
홍합탕을 파는 가게가 눈에 들어왔다.
굶주림을 참지 못하고 주인아주머니에게
"저, 홍합탕 한 그릇 먹을 수 있을까요?"라고 물었다.
그는 당장은 돈이 없어 내일 가져다드리겠다 했는데
아주머니는 아무런 의심 없이 홍합탕을 내주었다.

그러나 다음 날 그는 가게에 돈을 가져가지 못했다.
이후 그는 군 복무를 마치고 미국으로 이민을 가게 됐다.
그때 내지 못한 홍합탕 값과 거짓말쟁이가 된 죄책감에
평생을 시달렸다.

그렇게 오랜 시간이 흘렀다.
재미 교포는 이제라도 주인아주머니의 따뜻한 마음씨에
보답해야겠다는 생각으로 적은 돈이나마 보낸다고 했다.
너무 적은 돈이라 부끄럽지만
지역 내에서 가장 어려움을 겪는 분들께
따뜻한 식사 한 끼를 제공함으로써
그 아주머니를 향한 감사의 마음과
속죄의 심정을 전한다고 했다.

50년이라는 세월이 훨씬 지났으니
주인아주머니는 이미 세상을 떠났겠지만,
감사한 마음을 잊지 않고 보답한 재미 교포의 이야기는
우리 마음을 따뜻하게 해준다.
이처럼 선행은 선행으로 번지며
공동체를 따뜻하게 만든다.

우리는 어떤 삶을 선택할 수 있을까.

또 우리는 어떤 기로에 서 있을까.

밝은 빛이 나오는 길로 발걸음을 옮겨보면 어떨까.

단 한걸음, 움직여보길.

시작은 항상 두려움과 설렘을 동반한다.

사슴이 좋은 풀밭을 만나면
우는 까닭

새해에 나누는 보편적 인사는
"새해 복 많이 받으세요"다.
복 많이 받으라는 건 무난한 덕담이다.
그렇다면 '복福'은 무엇일까?
국어사전에는 여러 뜻이 있다.
'아주 좋은 운수'
'생활에서 누리게 되는 큰 행운과 오붓한 행복'
'어떤 대상으로 인하여 만족과 기쁨이 많음을 이르는 말'
좋은 운수, 행운, 행복, 만족, 기쁨…….
다 좋은 뜻이다.

'복'이란 모든 좋은 것을

포괄적, 총체적으로 이르는 말 같다.

복 받으라는 말이 좋은 인사말이기는 하지만

직접 복을 주는 건 아니다.

그럼 실제로 복을 받고 복을 누리려면 어떡해야 할까?

복은 포괄적이라 특정해서 정의할 수 없다.

옛사람들은 '자식들이 잘되면 자식 복이 있다'고 했다.

치아가 튼튼한 것도 복이었고,

부부 사이에는 '남편 복이 있다, 아내 복이 있다'고 했다.

재산이 많은 것도 복이며,

큰 병 없이 오래 사는 것도 복이며,

늙어서는 잘 걷는 것도 복이다.

옛사람들은 다섯 가지 복을 정해 '5복'이라고 했고,

웃으면 만복이 들어온다고 했다.

착한 사람은 복을 받는다고 했다.

많은 복을 받으려면 먼저 자신의 마음가짐과

행실을 가다듬어야 한다.

한마디로 덕德을 쌓아야 한다.

이를 위해 '3사, 3걸, 3기'를 내세웠다.

언제, 누가 그걸 내세웠는지 자세히는 모르지만
충분히 참고할 만한 가치가 있다.

'3사'에는 우선 '인사'가 있다.
항상 누구에게나 겸손하고 먼저 인사하라는 것이다.
그다음은 '감사'다.
주변 사람에게 "고맙다" "감사하다"라는 말을
아끼지 말라는 것이다.
마지막으로 '봉사'다.
남을 섬기는 마음으로
남들에게 도움이 되는 일을 하라는 것이다.

'3걸'은 후회가 없도록 하라는 것이다.
'더 잘할걸'은 자신과 관련된 이들에게 더 잘할걸 하며
뒤늦게 후회하지 말고 언제나 최선을 다하라는 의미다.
'그럴걸'은 남들에게 더 나눠줄걸,
내가 아끼는 사람들을 더 사랑할걸,
남들이 잘한 일을 더 칭찬할걸,
멀어진 친구를 내가 먼저 찾아볼걸,
화가 나더라도 참을걸,

나중에 후회하면 이미 늦는다는 것이다.

'3기'는 '버리기, 줄이기, 나누기'다.
'버리기'는 욕심을 버리고 원한을 버리는 것이고,
'줄이기'는 소비를 줄이고 검소하게 사는 것이다.
'나누기'는 다른 사람과 나눌 줄 알아야 한다는 의미다.

무엇보다 겸손하며 세상사에 감사할 줄 알며,
남을 배려하고 베풀 줄 알아야 복을 받는다.
다섯 가지 복, 즉 5복에도 '유호덕攸好德'이 있다.
많은 것을 베풀고 선행과 덕을 쌓으면 복을 받게 된다.

복이란 '더불어 사는 삶'에서 얻을 수 있는
만족과 기쁨, 행운과 행복이다.
그래서 착한 사람이 복을 받는다.

사슴의 울음소리를 한자로 '녹명鹿鳴'이라고 한다.
'녹명'은 사서오경의《시경》에도 실려 있다.
초식동물인 사슴은 좋은 풀이 많은 곳을 찾아내면
크게 울음소리를 내서 자기 무리를 부른다고 한다.

좋은 풀을 혼자 먹지 않고 나눠 먹기 위해
큰 울음으로 자기 무리를 불러 모은다.
그래서 맛있게 풀을 뜯어 먹는다.
사슴의 이 아름다운 울음소리는
인간들에게 배려와 관용과 협동의 마음을 선물한다.

옛사람들이 강조한 '덕'은 혼자 쌓는 게 아니다.
지식은 혼자서도 쌓을 수 있지만
덕은 인간관계에서 쌓인다.
남에게 베풀고 나누는 마음가짐과
이를 실천하는 일상을 통해 차츰차츰 쌓인다.
나 혼자 잘 살려고 하지 말고
남들과 더불어 살아야 복을 받는다.

PART 2

우리
덕질합시다

신이 인간에게 '희망'이란 단어를 선사한 의미를
다시 한번 되새겨보는 거다.

불안한 삶에 대한 해답을
'희망'이란 단어로 압축해보면
컴컴한 방 한가운데
살짝 비치는
햇살처럼
든든하다.

'집착'이
내게 주는 것들

집착은 어떤 일이나 사물에 쏟아낸 마음을
철회하지 못하고 매달리는 것을 말한다.
집착과 집념에는 큰 차이가 있다.
집념은 바람직한 목표를 발전적으로 추구하는 일이다.

사람들은 자기 마음대로 살고 싶어 하고
자기가 원하는 건 무엇이든 손에 넣으려 하고
자신을 한껏 가꾸어 남들보다 돋보이고 싶어 한다.
이런 집착이 심하면 '집착증'이 된다.
무엇이든 자기 소유화하고
자신에게서 이탈하지 않게 단속한다.
집착증이 심한 사람은

연애 관계에서 카톡 내용, SNS 등을
쉴 새 없이 감시하는 것도 모자라
다른 친구들과의 교류까지 통제하려 한다.
모든 것을 자기 뜻대로 조종할 수 있는
마리오네트 marionette로 만들어버린다.
상대가 조금이라도 어긋난 행동을 하면
화를 참지 못한다.
소유물의 이탈, 상실감에 일방적으로 분노를 표출한다.

전문가들은 집착의 여러 요인을 지적하는데,
그중 강박관념, 애정결핍, 시대 상황은 빼놓을 수 없다.
이 세 가지 요인이 결합한 대표적 경우가
데이트 폭력, 애정 범죄, 스토킹 등이다.

스토킹은 '너는 내 것이어야 한다'는
독선적 아집과 집착에서 비롯된다.
상대방이 자신을 거부하기 때문에
꼭 성취하고 말겠다는 강박관념에 사로잡혀
더 집요하게 접근하는 강압적인 행동이다.
밑바탕에는 원하는 건 아무것도 이루어지지 않고

뜻대로 되는 일이 없는 시대 상황이 깔려 있다.
'너는 내 것이어야 한다'고 점찍은 대상이
내 뜻대로 안 될수록 더욱 집착한다.
내 것으로 만들고 말겠다는 병적인 의지가 스토킹이다.

긍정적 의미에서 집착이
"한 우물만 파라"와 통할 수 있지만,
우물은 샘물이 있는 곳에서만 파야 한다.
"열 번 찍어 안 넘어가는 나무 없다"는
현대적 감각이 떨어진 옛 속담에 불과하다.

인물이든 사물이든 어느 특정한 것에 대한 집착은
자기만의 아집에서 점점 심화된다.
그러한 강박관념이
집착의 대상과 자신을 동일시하게 만든다.
'이 세상에 믿을 수 있는 건 오직 나뿐'
'내가 아니면 안 된다'
'그건 내 것이다'와 같이 타협이 안 되는,
그릇된 아집을 만들고 그것에 빠져들어
집착증이라는 병이 된다.

스스로 병을 키우고 파멸을 재촉하는 것이다.

전통적인 종교들에서도 한결같이 집착을 버리라고 한다.
집착을 버리면 세상이 똑바로 보인다.
집착을 버리면 올바른 판단력이 생긴다.
세상은 넓고 할 일은 많다.
시간과 마음을 버리며,
나를 파괴하고 타인을 파괴하지 않았으면 한다.

나는 BTS
찐팬이다

BTS는 세계 정상급 아이돌 그룹이자 월드스타다.
발표하는 노래마다 전 세계에서 크게 히트하며
수많은 팬을 거느리는 글로벌 스타들,
우리나라의 자랑거리다.

과거에도 서태지와 아이들, H.O.T, 젝스키스,
동방신기, 소녀시대, 빅뱅 등이 잇따라 화려하게 등장해
10대 청소년들이 열광했다.
그들은 10대 청소년과
20대 초반 젊은이들의 절대적 우상이었고,
사람들은 그들을 아이돌이라 칭했다.
아이돌 전성시대에는 그룹마다 수많은 팬을 거느렸다.

팬들 중에는 광적인 팬도 있었는데
이를 일컬어 '광팬'이라 불렀다.

광팬들은 공부든 집안일이든,
자신의 생활은 내팽개쳤다.
아이돌이 이동하면 택시를 타고 뒤쫓았다.
아이돌의 숙소 앞에 밤늦게까지 진을 치고
얼굴을 보기 위해서 마냥 기다렸다.
저마다 갖가지 선물과 편지를 준비해
시도 때도 없이 접근할 기회를 노렸다.
심지어 숙소에 침입하기도 했다.

자기들의 우상인 아이돌이
각종 스캔들, 성폭력, 마약 복용, 음주 운전 등으로
사회적 비난을 받고 수사를 받아도
광팬들은 그들을 두둔하기에 바빴다.
자신들의 아이돌과 다른 아이돌이 경쟁하고 대립하면
각 그룹의 광팬들끼리
상대방을 비난하고 맞붙어 싸우기도 했다.

이러한 광팬 집단이 '팬덤'을 형성했고 곧 문화가 됐다.
당시의 팬덤 문화에는 많은 문제가 있었다.
가장 큰 문제는 광팬들이었다.
그들은 아이돌 그룹에 매몰돼서
자신의 삶을 완전히 상실했다.

아이돌은 아이돌이고 '나는 나'여야 한다.
자신의 정체성, 캐릭터가 있어야
아이돌의 삶과 내 삶을 분리할 수 있다.
내가 없으면 세상도 없다.
내가 아프면 다 소용없다.
아무리 팬심이 대단하기로 유명한 팬일지라도
팬이 아프다고
아이돌 가수가 병문안 오지는 않는다.

요즘도 수많은 팬을 거느린 아이돌이 많다.
그들에게 열광하는 알짜배기 진짜 팬들, '찐팬'도 많다.
BTS는 전 세계적인 팬덤 '아미'가 있다.

팬덤 문화는 예전과 많이 달라졌다.

요즘 찐팬은 지난날 광팬과는 크게 다르다.
아이돌에게 매몰돼 자신을 내팽개치는 삶이 아닌
자신의 삶을 지키며
찐팬인 아이돌의 왕성한 활동을 뒷받침하기 위해
갖가지 지원을 아끼지 않는다.
아이돌의 이미지 향상을 위해 불우이웃 등
꼭 필요한 곳에 기부 활동을 펼치기도 한다.

'사랑의 달팽이'는 청각장애인에게
잃어버린 소리를 찾아주는 단체다.
아미는 BTS의 이름으로 사랑의 달팽이에 기부했다.
청각장애인이 자신이 좋아하는 아이돌의 노래를
맘껏 들을 수 있도록 도와주는 이 기부는
팬덤 문화의 순기능이라고 할 수 있다.

사랑의 달팽이는 '팬心소리'라는 후원을 만들어
스타의 생일이나 데뷔 일과 같이
특별한 날을 기념하는 팬덤 문화를 만들었다.
성숙한 팬클럽 문화로 축하받아 마땅한
빛나는 후원 캠페인 중 하나다.

'팬心소리'는 스타와 팬이 함께하는 후원의 한 방식으로
BTS, 아이유를 비롯한 많은 가수가 동참했다.
진화하는 팬덤 문화에 발맞춰
팬클럽을 위한 별도의 기부 페이지를 개설하고
후원금 사용 내역도 투명하게 공개한다고 한다.

이것이 진정으로 바람직한 팬덤 문화다.
찐팬들과 스타들의 생산적인 활동이 아름답다.
올바른 팬덤 문화며 여럿이 더불어 사는 방법이다.
아이돌을 애정하는 마음이
선한 영향력으로 번진 아름다운 이야기다.

누군가를 좋아하는 일이 자랑이 되는 일,
또 나를 좋아해주는 사람이 자랑이 되는 일.
올바른 애정이란 이런 게 아닐까.

마이 펫,
댕댕이와 야옹이

매일 같은 시간대에 하얀 강아지 두 마리를 데리고
아파트 주변을 산책하는 할머니가 계셨다.
할머니가 산책하는 것인지,
강아지들을 산책시키는 것인지 모르겠지만
6개월 됐다는 강아지들이 예뻐서
머리를 쓰다듬어주곤 했다.

그런데 어느 순간 할머니도, 강아지들도 보이지 않았다.
우연히 동네 분한테 소식을 듣게 됐는데
할머니가 폐암에 걸리셨다고 한다.
갑자기 병세가 악화돼서 병원에 입원하셨다고 한다.
그러면 당연히 할머니를 먼저 걱정해야 마땅한데

나는 그 예쁜 강아지들을 이제 누가 돌볼지 걱정했다.

반려동물을 키우는 사람들이 꽤 많다.
산책은 물론이며 강아지를 안은 채
상가에서 볼일을 보러 다니는 사람들도 꽤 있다.
반려동물과 사는 사람이
무려 1,200만 ~1,500만 명 가까이 된다고 한다.
반려동물 중 당연히 개와 고양이가 압도적으로 많다.

장난감과 같은 도구적 관점으로 표현한 애완동물보다
함께 삶을 살아가는 생명에 대한 관점으로 표현한
반려동물이 더 적확한 표현이다.
우리와 함께 지내는 동물은
반려동물이라 부르는 게 맞다.

현 한국 사회는 대가족 해체가 가속화되어
핵가족 사회가 된 지 오래다.
초고령사회를 맞아 혼자 사는 노인들이 늘어나고,
청년들도 혼자 사는 1인 가구가 가파르게 늘어나고 있다.
그만큼 외로운 사람들이 많다.

혼자 살면 함께 대화할 말벗도 없다.
동물을 좋아해서 키우는 사람들도 많지만,
외로운 사람들에게는 반려동물이라기보다
반려자나 다름없다.

"귀여운 내 새끼!"
개나 고양이는 체온이 높아서 안아주면 따뜻하고
수북한 털은 포근하다.
대화는 못 해도 정서적으로 의지할 수 있는 상대다.
이러한 정서적 의지는
내가 혼자가 아니라는 정서적 안정으로 이어진다.
내 건강도 챙겨주는 진짜 '반려자'인 것이다.

반려동물을 자신처럼 아끼고
사랑하는 '펫미족Pet-Me'에게는
반려동물은 사랑하는 인간이나 다름없다.
아니, 어쩔 때는 사람보다 나을 때가 많다.
서양에서는 일찍부터 강아지에게 '메리' '존' 등
사람 이름을 붙였다.
우리나라는 '바둑이' '검둥이' '복실이' 등

개 생김새에 따라 이름을 붙였다.

요즘은 애칭처럼 사람 이름으로 지어주기도 한다.

주인을 향한 개의 일편단심 충성심은

말로 표현하기 어렵다.

주인이 재벌이든, 쓰레기 줍는 가난한 노파든 한결같다.

아무리 타박하고 괄시해도 한번 충성하면 일편단심이다.

개는 주인이 집에 돌아올 때 발소리부터 알아듣는다.

꼬리를 흔들며 안절부절못하다가 주인이 들어서면

품에 안기고 반가워서 어쩔 줄 몰라 한다.

죽은 주인의 묘소 옆에서

꼼짝도 안 하고 앉아 있는 개도 있고,

주인이 자신을 버리고 간 자리에서

하염없이 앉아 주인을 기다리는 유기견도 있다.

인간은 종종 개를 배신하기도 하지만

개는 인간을 절대 배신하지 않는다.

이런 반려견을 어찌 사랑하지 않을 수 있을까.

반려견이 아프면 동물 병원에 달려가고,

반려견이 죽으면 사람이 죽은 것보다
더 슬퍼하는 주인도 있다.
반려동물 장의 시설에서 장례를 치러주기도 한다.

고양이는 처음에 사람을 꺼리고 쉽사리 다가오지 않지만
정성과 사랑을 베풀면 마음의 문을 연다.
새침데기 고양이도 사람이 좋아지면
특별한 행동을 한다.
따라다니며 헤드번팅을 하거나
벌렁 누워 자기 배를 보여준다.
골골송을 부르며 다가오거나
앞발을 오므렸다 폈다 하는 꾹꾹이를 한다.
또 사람 앞에서 그루밍을 하고,
천천히 눈을 깜박거리며 눈 키스를 보낸다.
새침데기 고양이가 이런 무한한 친밀감을 표시할 때
반려묘 주인은 무한한 행복감을 느낀다.
반려동물과 함께 살아가는 행복한 삶을 깨닫는다.

둘도 없는 친구처럼, 가족처럼 보듬고 끌어안는다.
반려동물을 기르는 사람은

더불어 사는 삶의 가치를 안다.
주변 사람들과 반려동물 이야기로
시간 가는 줄 모르고 수다를 떨기도 한다.
반려동물 덕에 많은 사람과 이야깃거리가 생긴다.
친구를 만들어주고 친구가 되어주고,
모두 반려동물이 주는 선물이다.

전남 진도에는 '돌아온 백구상'이 있다.
할머니가 앉아서 흰 진돗개를 쓰다듬고 있는 동상이다.
진도에서 할머니가 백구를 정성껏 키웠다.
그런데 할머니는 며느리 병원비에 보태려고
백구를 대전에 사는 사람에게 팔았다.
놀라운 일이 벌어졌다.
백구를 판 지 7개월 뒤에
뼈와 가죽만 남은 백구가 할머니 앞에 나타났다.
대전에서 진도까지 7백 리,
300킬로미터가 넘는 거리였다.
백구는 7개월 동안 대전에서
대구, 부산, 진주, 목포를 거쳐 진도까지 달려왔다.
할머니는 백구를 끌어안고 펑펑 울었다.

이야기가 세상에 알려지면서 온 국민이 크게 감동했다.
이 각박하고 삭막한 세상에서
고달픈 우리 마음을 치유해주고 위안을 준 것이다.
반려동물은 사랑받고 인정받아 마땅한 존재다.

더 귀하고 아름다운 말들을 그들에게 전해주고 싶다.
우리 역시 그들과 관련된 아름다운 이야기를
전해 듣고 있으므로…….
옆에 있는 반려동물에게 따뜻한 마음을 전해주고 싶다.

돈쫌 냅시다

우리 사회가 너무 싸늘하다.
세상이 잔뜩 메말라서 온기라고는 찾아보기 어렵다.
어느 곳에서나 갖가지 다툼이 멈추지 않고 있다.
옳든 그르든 저마다 자기주장만 목청 높인다.

그런 까닭에 온정과 정겨움이 그리워진다.
그런 까닭에 소소하고 아름다운 이야기,
따뜻한 이야기가 듣고 싶어진다.
그런 이야기를 들으면 무뚝뚝한 사람도 눈물이 난다.

2021년 봄, 어느 프랜차이즈 치킨집 앞에서
허름한 차림의 두 소년이 주춤거렸다.

이상하게 생각한 가게 주인이

그들을 불러 까닭을 물었다.

두 소년은 치킨이 먹고 싶은데 5천 원밖에 없다고 했다.

주인은 더 묻지 않았다.

아이들을 자리에 앉히고 치킨 두 마리를 내주었다.

아이들이 치킨을 다 먹자 주인은

5천 원의 돈도 받지 않은 채 그들을 집으로 돌려보냈다.

두 소년은 밖으로 나와 펑펑 울었다.

감동받은 아이들이

프랜차이즈 본사로 이 사연을 알리며

세상에 널리 알려졌다.

동생은 감사의 편지를 인터넷에 올렸다.

소년들을 향한 응원과 함께 치킨집에 찾아가

돈쭐을 내자는 댓글들이 쏟아졌다.

이후 치킨집에는 손님들이,

소년들에게는 후원 요청이 밀려들어왔다.

얼마 후 고등학생 형이 두 번째 사연을 올렸다.

일찍이 부모님이 돌아가셔서

몸이 편찮으신 할머니와 함께 살며
아르바이트로 근근이 생계를 유지했다고 한다.
설상가상 코로나19 팬데믹으로
아르바이트도 구하기 어려웠다고 한다.
이런 상황에 철없는 동생이 치킨을 먹고 싶대서
어쩔 수 없이 치킨집 앞에 서성거렸다고 한다.

"사장님께 감사드리고 사장님 덕분에
그날 엄청 울었습니다.
세상에 이렇게 좋은 분이 계시다는 게 기뻤습니다.
그날 오랜만에 동생의 미소를 봤습니다.
할머니께서도 동생이 웃는 걸 보고 좋아하셨습니다.
지금은 몇 개의 아르바이트를 하며 생계를 유지하고,
공부도 열심히 하고 있습니다.
꼭 열심히 공부해서 사장님께 은혜를 갚겠습니다.
정말 감사합니다."

그는 네티즌을 향해서도 감사의 말을 잊지 않았다.
"여러분 댓글 하나하나 소중히 잘 읽었습니다.
세상이 어둡기만 한 게 아니라는 걸

알려주셔서 감사합니다.
후원해주신다는 분들께 정말 감사하지만,
마음만 받겠습니다.
주변의 많은 분께서 도움을 주고 있으니
도움이 필요한 다른 사람들이 있다면
그분들을 도와주세요."

치킨집 주인이나 소년들,
그리고 네티즌들까지 모두 마음이 따뜻한 사람들이다.
주인은 '돈쭐 내자'는 성원으로 손님들이 밀려들자
오히려 사양했다고 한다.
동생은 그 뒤에도 혼자 몇 차례나
치킨집을 찾아갔었고,
그때마다 주인은 돈을 받지 않고 치킨을 줬다고 한다.

조그만 감동이 세상을 따뜻하게 만든다.
감동은 파급력이 크다.
아무리 조그만 감동이라도 빠르게 퍼져나가며
많은 사람의 메마른 가슴을 적신다.
감동은 다른 사람을 위한 따뜻한 배려에서 온다.

고등학생 형의 말처럼
세상이 어둡기만 한 게 아니다.
세상이 아무리 살벌해도 착한 사람,
따뜻한 사람도 많다.
그들의 이야기가 울고 싶어도 울음이 안 나올 만큼
감정이 메말라버린 우리를 촉촉하게 적셔준다.

우리 인간에게는 버튼이 하나 있는데
이 버튼은 눈물을 통해서 눌린다.
공감이 멈추지 않는다.
타인을 향한 마음이 멈추지 않는다.
그럴 때 우리는 세상에서 가장 따뜻한 존재가 된다.
내가 아닌 우리가 된다.

둘이면
더 좋아!

어쩌면 현실은 누구에게나 힘들지도 모른다.
그래서 자기에게 꼭 필요한 것들을
하나둘씩 포기해가며 점점 더 위축되어 간다.
세상일 모든 것이 부정적으로만 보인다.
'아무것도 되는 일이 없다'고 생각하면
정말 아무것도 안 된다.

우리 민족은 수많은 고난과 시련을 이겨냈다.
임진왜란, 병자호란, 일제강점기 등
크고 작은 외침을 5천 번 이상 받았지만
오늘날 우리는 선진국 대열에 들어서 있다.
고통이 크면 클수록 그것을 이겨냈을 때

면역력은 더 강해진다.
그다음에 찾아올 어떠한 고통도 이겨낼 힘이 생긴다.
그러자면 먼저 자신을 사랑해야 한다.

내가 뭐 어때서?
아자, 괜찮아, 나 정도면!
자부심과 자신감을 가져본다.
나, 건들지 마.
온갖 고난들이여, 비켜!
이 몸께서 행차하신다.
내 인생은 내 것이며 주인공 역시 나다.
주저하지 말고, 망설이지 말고 당당하게 맞서자.

그런데,
방구석에서 SNS에 온갖 불평, 불만을 쏟아놔봤자
달라지는 건 아무것도 없다.
나 혼자 아무리 '이 세상 왜 이래!' 하고 외쳐봤자
공허한 메아리가 되어 나를 향할 뿐이다.
당차게 밖으로 나가서 자신의 에너지를 되도록
많은 사람에게 전달해야 한다.

내가 행복하면 세상이 온통 행복해 보인다.

네가 있어서 내가 있는 게 아니라
우선은 내가 있어야 네가 있다.
먼저 나를 인식하자.
내 행복을, 그리고 내 불만이 무용할뿐더러
폭력적이기도 하다는 자기반성을,
이것부터 하자.

어느 인류학자가 아프리카의 한 마을에서 실험했다.
그 부족의 공동체의식을 살펴보려는 것이다.
인류학자는 어린이들을 모으고
조금 떨어진 나무에 사탕 봉지를 매달았다.
제일 먼저 달려간 어린이가 사탕을 몽땅 차지하는
달리기 시합이었다.
그러자 어린이들은 다 함께
손을 잡고 달려가는 것이었다.
모두가 일등이었다.
인류학자가 의아해서 그 까닭을 물었다.
어린이들이 대답했다.

"사탕을 한 사람이 혼자 다 가져가면
다른 아이들은 슬플 텐데, 어떻게 행복할 수 있어요?"

더 이상 말이 필요 없다.

누군가에게
힘이 된다면

회사 내에서 외톨이가 될 때가 있다.
가짜 소문으로 인신공격을 당해
주변의 따가운 시선을 참느라
팩트 규명조차 변명이 되어 무슨 말도 못 하고
끙끙 앓고 있을 때 누군가 슬쩍 내 곁에 다가와
"괜찮아, 저런 거(말) 다 무시해!"
속삭이는 한마디에 울컥,

직장 상사의 터무니없는 꾸지람에 기죽어 있을 때
"힘내, 이 프로젝트는 너 말고 잘할 사람 없어.
열심히 해서 보기 좋게 저 인간에게 복수해!"
등 두드리며 부담 없이 건네는 격려에 울컥,

말 섞을 동료도 곁에 없고,
점심 식사를 함께할 동료도 없고,
외톨이가 되어 있는 내게
따뜻한 커피 한 잔 내미는 위로에 울컥,

그렇게 우리는 속삭여주고 등 두드려주고,
평화로운 위로를 건네주는 전달자가 되어볼 일이다.

미국의 위대한 여자 성악가인 메리언 앤더슨이
조그만 도시에서 공연을 하게 되었다.
호텔 종업원으로 일하던 가난한 흑인 소녀는
피곤한 나머지 그만 깜빡 잠이 들었다.
얼마 후 소녀가 눈을 떴을 때,
한 중년 흑인 여성이 서 있었다.
그 여성은 소녀에게 부드럽게 말했다.
"너 많이 외로워 보이는구나!"
그러자 소녀가 대답했다.
"네, 오늘 그토록 보고 싶었던
메리언 앤더슨의 공연이 근처에 있었어요.
그런데 저는 일해야 해서 갈 수 없었어요."

그러자 여성은 소녀의 손을 잡고
나지막이 노래를 불렀다.
노래를 들은 소녀는 울먹이며 말했다.
"당신이, 메리언 앤더슨이었군요!"
그녀의 노랫소리에 사람들이 모였다.
다 함께 박수와 춤으로 화답하는
아름다운 장면이 연출됐다.

100년에 한 번 나올 만한
아름다운 목소리라는 칭송을 받던 메리언 앤더슨,
그녀는 자신의 공연을 보고 싶어도 시간과 돈이 없어
관람할 수 없는 소녀를 위해 노래를 불렀다.
가난한 흑인 소녀를 위해
천상의 목소리로 손잡고 노래를 불러주던
메리언의 사소하지만 위대한 작은 배려에
호텔 로비는 공연장으로 변했다.
그 작은 배려가 로비에 있던 많은 이에게
아름다운 노래 선물을 듬뿍 안겨준 셈이다.

위로는 아름다움을 수반한다.

예쁘고 특별해서가 아니라 따뜻해서 그렇다.
커피 한 잔도, 노래도
전해주는 사람의 따뜻한 온기가
아름다움을 만들어낸다.

PART 3

우리
워라블합시다

"두드려라, 그러면 문이 열릴 것이다."
허튼소리로 치부할 수 있을까?
아니, 미친 듯이 문을 두드려야 한다.
그러면 반드시 열릴 것이다.

'워라블'의
행복의 가치란

백화점에서 에스컬레이터를 타고 올라갈 때
내 앞 계단에서 위로 올라가는 사람들의 신발을 봤다.
대개 좋은 운동화나 구두를 신고 있었다.
뒤축이 멀쩡해서 새로 산 신발 같았다.
유명 브랜드의 값비싼 신발이었다.

그 이후 백화점에 갈 때마다
습관적으로 에스컬레이터에서
신발을 살펴봤지만 마찬가지였다.
세상이 어렵다고 해도 '잘사는 사람들이 많구나'
이런 생각도 들었다.
우리 부모 세대 때 한 켤레로 버티던

뒤축 없는 얇은 운동화는 이젠 볼 수 없는 모양이었다.

운동화, 구두만으로
잘살고 못사는 것을 판단하는 게 아니다.
코로나19 팬데믹이 확산되면서
택배기사들은 대면으로 물건을 전해주는 것이 아닌
비대면으로 문 앞에 물건을 놓고 간다.
그래도 분실되는 경우가 거의 없다.
자기 물건이 아니면 누가 가져가지 않는다.
우리보다 잘사는 미국에서 문 앞에 택배를 놓는 행위는
아무나 가져가라는 것과 다름없다.
미국에서는 길가 주택 문 밖에 놓인 택배를
지나가던 차가 가던 길을 멈춰 세우면서까지
훔쳐가기도 한다.

아파트 단지의 자전거 거치대에는 자전거가 가득하다.
하지만 자전거를 도둑맞았다는 얘기는 잘 들어보지 못했다.
할머니들은 예전에는 앞마당에 널어놓은
빨래도 훔쳐 갔다고 말한다.
물질적으로 풍요롭다고 반드시 잘 사는 건 아니다.

우리는 재물에 큰 가치를 두지만
돈이 많다고 무조건적으로 잘 사는 건 아니다.

현 사회에서 돈이 최고의 가치고
돈 많은 것을 행복의 척도로 여기는 사람이 많지만
실상은 그러하지 않다.
돈이 많아도 행복하지 않은 삶이 있으며
우리는 그런 사례를 많이 접해왔다.

돈의 속성은 가질수록 더 갖고 싶어진다는 것이다.
1억을 갖고 있으면 2억을 갖고 싶고,
그다음은 3억, 5억…….

탐욕에는 한계가 없어서 작은 돈은 작은 돈을 욕심내고
큰돈은 큰돈을 욕심낸다.
그런 탐욕에서 벗어나지 못하면
돈의 노예가 되기 십상이다.
그래서 큰 부자들이 꼭 행복한 것만은 아니다.

돈 많은 부자가 되고 싶고 성공하고 싶은 것의 본질은

행복하게 살기 위해서다.

인간의 삶이 추구하는 최고의 가치는 바로 '행복'이다.

인간의 모든 행위는 행복을 추구하고자 함이다.

그렇다면 행복은 무엇일까?

많은 사람이 하는 착각처럼 행복은 거창하지 않다.

벨기에 작가 메테르링크의 《파랑새》에서 보듯,

행복을 거창하게 생각할 필요는 없다.

초콜릿 한 개만 받아도 'I am happy'를 연발하고,

단짝 친구와 함께 간 여행을 즐거워하고,

작더라도 내가 확실히 만족한다면 그것이 행복이다.

'소확행'이라는 말처럼

소소한 것에도 우리는 행복을 느낀다.

돈은 필요한 걸 구매할 수 있는 정도면 충분하다.

많아도 분란과 분쟁이 되고 불행의 씨앗이 된다.

살아가며 만나는 작은 것들에서

소중함과 감사함을 느낀다면

그 삶은 행복하다.

그것이 잘 사는 것이다.

'워라밸'은 일^{work}과 삶^{life}이 균형 있게
분리되는 것을 지향한다.
그런데 '워라밸'보다 '워라블!' 하고 외치고 싶다.

이건 어떤가?
일과 삶을 적절히 잘 섞어야^{blending}
행복하다는 뜻의 워라블!
'워라블^{work-life-blending}'은
퇴근 후에도 자신의 커리어를 쌓는 것에 초점을 둔다.
즉 취미를 통해 부업을 하거나,
내 직업에 스펙을 넓혀가는 것이다.
'워라밸'하는 삶을 지향했을 때
칼 퇴근, 회식 참가 거부 등
일하는 시간과 개인의 휴식 시간을
철저히 분리하는 데 성공했다.
당연히 의미 있고 균형 잡힌 삶의 방식이었다.

그러나 단점이 나타났다.

자신의 목표를 향해 나아가는 일에 집중이 안 되고,
일하는 데서 오는 만족감이 떨어져
좋은 성과를 얻지 못했다.
일상의 대부분을 차지하는 일^{work}에서
행복감을 느끼지 못한다면,
삶^{life}도 행복할 수 없다는 사실을 깨달은 것이다.
그리하여 일을 통해 자아실현을 하겠다는
'워라블'이 성행한다.

대기업처럼 상명하달이 강요된 일 중심주의가 아니라
내가 원해서 일을 하고 내가 원해서 목표를 설정한다.
어쩌면 그것이 하루하루를 행복하게 사는 일이며
아무런 후회 없이 잘 사는 것일지도 모른다.

지금,
바로 여기

'아끼다'라는 말은 참 좋다.

그 뜻은 두 가지다.

돈이나 물건을 귀중하게 여겨 함부로 다루지 않는 것.

또 하나는 사람이 사람을 소중히 여겨

자상하게 보살피는 것이다.

'아나바다!' 라는 말이 있다.

아껴 쓰고 나눠 쓰고 바꿔 쓰고 다시 쓰고…….

검소하게 절약하는 생활 습관은 좋은 습관이다.

어떤 의미로든 '아끼다'는 분명 좋은 말이다.

그런데 아끼고 싶어도 아낄 수 없는 게 있다면

그것은 바로 시간이다.

속절없이 흘러가는 시간을 막을 수는 없는데도
우리는 "시간을 아껴 쓰자"라는 말을 자주 한다.
왜 그럴까?
시간을 아끼자는 것은 무슨 의미일까?

어물쩍 흘려보낸 시간은 다시 오지 않는다.
그렇기에 우리는
'지금 바로 여기 Here and Now'를 살아야 한다.
헛되게 시간을 보내지 말고 알차게 써야 한다.

지금 바로 이 순간은 '오늘'이다.
우리의 삶은 오늘을 산다.
어제는 이미 지나가버린 과거고
내일은 하룻밤이 지나면 결국에는 오늘이 된다.
따라서 시간을 아껴 쓰자는 건
'오늘에 충실하라'
'오늘 모든 것을 이루어라'라는 의미다.

카르페 디엠 Carpe Diem,
'오늘을 즐겨라'라는 말이다.

즐기라는 게 방종하라는 것이 아니다.
집에서는 컴퓨터게임으로 시간을 다 보내고
밖에서는 흥청망청 즐기라는 게 아니다.
시간을 헛되이 보내지 말고 목표를 향해
한 발자국이라도 나아가는 오늘이 되라는 것이다.

"생일 잘 먹으려고 사흘 굶는다"라는 속담이 있다.
그건 바보짓이다.
하루하루를 내 생일처럼 보내라.
마지막에 웃는 자가 최후의 승자라고 하지만,
매일같이 웃는 자가 있다면 더 행복한 사람이다.

누군가 이런 말을 했다.
"내일 죽을 것처럼 오늘을 살라!"

지나침은
모자람만 못하다

학생들에게 중요한 것은 무엇보다도 학업성적이다.
학생들은 좋은 성적을 얻으려고 공부에만 매달린다.
등수가 나열되는 경쟁 시대에서
성적에 민감한 건 당연하다.
성적을 비관하고 극단적인 선택을 하는
학생들이 있을 정도로 경쟁은 극에 달했다.

성적이 좋아야 일류 대학에 가고,
취업도 좋은 데 할 수 있고,
돈도 많이 벌 수 있다고 생각한다.
부모도 그러기를 바라며 자녀를 채찍질한다.
학업성적으로 서열을 매기다 보니

친구 평가도 달라졌다.

공부 잘하는 학생은 잘하는 친구끼리 어울려 우쭐대고,
공부 못하는 학생들은 낙오자처럼 뒷전으로 밀려나고,
그러다가 반발심이 생겨 엇나가는 학생들도 적지 않고,
선생님들도 공부 잘하는 학생들을 표나게 우대한다.

내 삶을 돌아봤을 때,
학교에서 공부 잘했던 친구가
꼭 성공하는 것은 아니었다.
오히려 공부 좀 못했던 친구가
이름을 날리며 잘 사는 경우가 많았다.

공부 잘하는 학생들은
자신이 남들보다 똑똑하다는 것을 잘 안다.
그런 우월감에는 은근한 오만함과 자만심이 배어난다.
친구도 자기처럼 똑똑한 친구만 골라서 사귄다.
내 이익을 계산해서 사귀는 친구가 많다.

공부 못하는 학생들을 은근히 경멸하기도 한다.

친밀감이 부족하다.

융통성도 부족하다.

자신이 옳다며 다른 사람의 주장을 받아들이지 않는다.

학업성적이 자기 인생 성적표는 아니다.

똑똑한 사람들은 인생에 성공한 사람처럼 착각한다.

자신을 귀족화시키기도 한다.

각 학교마다 동문회가 있다.

그 학교를 졸업한 사람이라면 모두 동문 회원이 된다.

아이러니하게도 성적이 뛰어나고

똑똑한 학생이 많았던 일류 학교들은

동문회나 동기 동창 행사 참석률이 저조하다.

사실과 다르다고 반발하는 사람도 있겠지만

사회에서 흔히 오가는 말이니까 오해가 없길 바란다.

일반적 평가로 일류 학교가 아닌 학교의 출신들은

행사에 적극적으로 참여하고

선후배와 동창들이 똘똘 뭉친다는 것이다.

동창생이 어떤 어려움을 겪으면

앞장서서 도와주고 격려한다.

어쩌면 일류 학교에 대한 열등감이
그러한 결속력을 강화해주는 것일지도 모른다.

가끔 신동이 나타났다, 천재가 나타났다며
언론에서 크게 다루는 경우가 있다.
그런데 시간이 지날수록 차츰차츰 잊혀가고
끝내는 그 소식조차 들을 수가 없다.

흔히 말하는 천재는 두뇌가 뛰어나
IQ가 보통사람보다 월등하게 높은 경우가 많다.
어릴 때부터 특정 분야에서
비교할 수 없을 정도로 뛰어나다.
천재는 똑똑하고 매우 천부적인 사람이다.
그런데 보통 천재들이 아인슈타인처럼
큰 인물이 되지 못하고 잊힐 때가 많다.
거기에는 그럴 만한 이유가 있다.

그들이 수학이나 과학 등
특정 분야에서는 월등히 뛰어나지만
모든 분야의 천재는 아니다.

인생의 천재도 아니다.
아니, 인생에서 천재는 있을 수 없다.
저마다 나름대로 인생관과 가치관이 있기 마련이라
인생은 비교 대상이 될 수 없다.

천재는 신동이라고 불릴 정도로
어릴 때부터 워낙 똑똑해서 또래의 친구가 없다.
대개 주변으로부터 고립돼서 외톨이로 성장한다.
친구가 없으니 사교성, 친화력이 크게 부족하다.

특정 분야에만 몰입한 탓에
인격 완성 면에서는 부족할 수밖에 없다.
보통 외골수여서 사리 판단과 융통성이 부족하다.
이러한 이유로 삶이 원만하지 못해서
소리 없이 사라지는지도 모른다.
내 주변의 똑똑한 사람들은
사고방식이나 생활 태도가 천재와 비슷하다.
지나친 우월감으로 자기주장이 강하고
자기만 옳다고 생각해서
남의 조언을 귀담아듣지 않는다.

무엇보다 친화력과 융통성이 부족해서
참다운 친구가 드물다.

친구가 없는 삶은 외롭고 삭막하다.
똑똑한 사람일수록 우월감이 아닌
겸손함을 지녀보면 어떨까.
마음을 활짝 열고 누구나 평등하게 존중하며
서로의 삶을 함께 누려보면 어떨까.

조금 덜 똑똑할지라도 남들을 배려하는 사람이
똑똑한 사람보다 훨씬 낫다.
자기 잘난 맛에 사는 사람은 자기 안에 가득한 이기심이
주변 사람을 다 쫓아내고 있음을 모를 것이다.

올인과 몰빵의
선택지

소문난 맛집을 찾아갈 때가 있다.
주차장에는 승용차들이 가득 차 있다.
점심시간 같이 붐비는 시간이면 줄을 서야 한다.
맛집으로 소문나면 아무리 멀고 외져도
사람들이 찾아온다.
다른 도시나 지방에서 찾아오는 사람들도 있다.
소문난 맛집이라고 해서 유명한 셰프가
남다른 음식을 파는 게 아니다.
흔히 먹는 대중음식을 파는 맛집도 많다.
대를 이어 특정 음식을 꾸준히 업그레이드해
맛집으로 소문나는 경우도 있고,
작은 식당 주인이 한 가지 음식에 매달려

집요하게 맛을 향상시켜 맛집이 되기도 한다.

TV에 맛집을 소개하는 프로그램들이 있다.
맛집으로 알려지면 수많은 사람이 찾아온다.
그런 프로그램들을 보면서 감탄하는 지점은
맛을 개발하는 사람이 끈질기게 노력하는 부분이다.
실패를 거듭하면서도
갖가지 재료들을 바꿔가며 집요하게 매달린다.
맛있는 육수를 개발하려고
수십 가지 한약재를 넣기도 한다.
그런 과정을 통해 개발한 맛의 비법은 비밀이다.
저절로 맛집이 되는 게 아니다.
한 가지 음식에 자기 인생의 모든 걸 걸고 올인한 결과다.

'올인All in'은 어느 한 가지에
모든 걸 내던지는 것이다.
'특정한 대상이나 일 따위에 자신이 할 수 있는
모든 능력이나 시간 그리고 가진 것을 전부 쏟아내는,
우리 속담의 "한 우물만 파라"와 동일하다.
달인, 명인, 명장, 인간문화재, 이런 사람들이

자신이 추구하는 분야에만 올인한 사람들이다.

올인하는 게 모두 좋은 것은 아니다.
스토킹도 자기가 집착하는 한 사람에 올인하는 것이다.
공부는 뒷전이고 게임에만 몰두하는 청소년들도 많다.
도박에 올인해 인생을 완전히 망치는 사람들도 있다.

그런 잘못된 올인이 아니라
바른 분야에 올인하기 위해서는 신중해야 한다.
특정한 아이템을 놓고 과연 내 인생을 걸 만한 것인가,
평생을 함께할 자신이 있는가,
또한 그럴 만한 가치가 있는가 등
오랜 시간 심사숙고해서 결정해야 한다.
자기 인생을 몽땅 던질 각오를 해야 하고
그것이 최종적인 인생 목표여야 한다.
목표를 이루기 위해서는
피나는 노력과 고통도 견뎌내야 한다.

'몰빵'은 주식시장에서 쓰이는 속된 말이다.
본뜻은 총포나 폭발물을 한 곳을 향해

한꺼번에 쏘거나 터뜨린다는 뜻이다.
주식에서는 어떤 한 종목을 특정해서
그 종목에 몽땅 투자하는 것을 말한다.
그런 경우 주식시장에서 올인한다고도 하지만,
몰빵이 지배적인 표현이다.

청년들은 돈을 벌고 잘 저축해야 미래를 설계할 수 있다.
취업도 어렵고 취업하더라도
임금만으로 돈을 모으는 데 한계가 있으니
주식이나 가상화폐로 돈을 벌어보겠다는
2030 청년이 많다.
주식이나 가상 화폐는
잘되면 뜻밖에 큰돈을 벌 수도 있다.

주식에는 왕도가 없다.
상장기업에 대한 정확한 정보를 얻기 어려운
개인투자자, 이른바 '개미'에게는 더 그러하다.
돈이 보이는 곳에는 온갖 인간이 몰려들기 마련이다.
얼핏 '돈 놓고 돈 먹기'가 주식이라는 허황된 인식으로
사기꾼, 한탕주의자들이 파리 떼처럼

몰려드는 곳이 주식시장이다.

물론 그런 부정적인 현상들은
주식시장의 일부 모습이다.
근본적으로 주식시장은 국가의 보호 아래
올바르게 운영되고 있으며
수백만 명의 국민이 주식에 투자하고 있다.
주식은 예금, 부동산과 함께 대표적인 재테크 수단이다.
청년 세대의 적극적인 주식투자가 잘못된 건 아니다.
다만 청년 세대의 주식투자에는
염려스러운 부분이 있다.
주식을 투자가 아닌
투기로 착각하는 청년들이 많다는 것.

청년들은 조급하다.
하루라도 빨리 큰돈을 벌어 내 집을 마련하고,
결혼해 멋지게 살고 싶다.
일확천금 욕심 때문에 유망한 종목의 주식을 샀음에도
장기보유하려고 하지 않는다.
분산투자하면 오르는 종목이 있는가 하면,

떨어지는 종목도 있다.

이런 분산투자로는 큰돈을 벌기 어렵다고 생각하는지

투자할 자금을 몽땅 한 종목에 몰빵한다.

그리고 단타, 스캘핑을 한다.

'단타'는 하루에도 몇 번씩 사고팔며

길어봐야 하루 이틀 보유한다.

'스캘핑'도 마찬가지다.

근소한 가격변동에 민감하게 대응한다.

하기야 장기보유든 단타든 장단점이 있긴 하다.

단타나 스캘핑을 하려면 주식거래 시간 동안

컴퓨터 앞에만 붙어 있어야 한다.

직장인은 직장 업무에 충실할 수 없다.

머릿속에는 온통 주식 생각뿐이다.

주식으로 좋은 수익을 얻는 사람들도 있다.

하지만 극소수에 불과하다.

손해 보는 사람이 훨씬 더 많다.

가끔 거액의 회삿돈이나 공금을 횡령해

주식에 투자했다가 단시간에 수억, 수십억을 날렸다는

범죄 기사를 보기도 한다.
단기간에 고수익을 노려 등락이 심한 주식에 몰빵하고
단타, 스캘핑을 하다가 폭망한 것이다.
그것은 투자가 아니라 투기다.

"계란을 한 바구니에 담지 마라"라는 주식 격언이 있다.
여러 종목에 분산투자하고 장기보유하고 있으면
손해를 보더라도 삽시간에 폭망하는 경우는 없다.

올인이든 몰빵이든 실패했을 경우
투자한 본인이 감당해야 한다.
혼자서 감당해야 하는 데미지는 엄청나다.
올인과 몰빵의 선택지에서 우리가 갈 길은 멀고 멀다.
들려오는 성공 사례는 늘 달콤하기에.

노인도 어렸을 때는
청년이었다

우리 사회는 갈등이 넘쳐 혼란스럽다.
이념 갈등, 세대 갈등, 계층 갈등,
남녀 갈등, 노사 갈등…….
일일이 지적하기도 어렵다.

그중 피부로 느껴지는 갈등 중 하나가 세대 갈등이다.
노인층과 청년층 갈등은 서로 적대감을 가지고
'혐오' '충'이라는 단어로 부를 만큼 문제가 심각하다.

노인 세대에서는 '요즘 젊은것들은 싸가지가 없다'며
눈살을 찌푸리고,
청년들은 노인을 가리켜 '틀딱충'이라고 비하한다.

틀딱충이란 틀니를 끼고 딱딱거린다는 말과
'벌레 충蟲'이 합쳐진 말이다.
노인들을 심하게 폄하하고 경멸하는 표현이다.

이런 세대 갈등은 가정 안에서 부모와 자식이
서로 경원시하며 등지고 사는 것과 다름없다.
어제오늘 상황이 아니지만
왜 현시대에 갈등 상황이 더 심화되었는가?
들여다보면 노인층에 더 큰 원인이 있다.
한마디로 말하자면,
빠른 시대 변화에 노인들이 적응하지 못하면서
갈등이 깊어지고 서로 적대감마저 느끼게 된 것이다.
노인과 청년이 서로 다투다가 노인이 비아냥거린다.

"나는 젊어 봤지만, 넌 늙어 봤어?"
잘못됐다.
노인이 젊었을 때와 지금 청년들은 다르다.
노인이 청년이었을 때 시대 환경, 사고방식, 문화는
오늘날과 전혀 다르다.
그때 경험은 오늘날 청년들에게 적용되지 않는다.

"너도 늙어봐라."

이 말도 틀렸다.

오늘날 청년들이 늙었을 때 시대 상황이

노인들과 같을 것이라는 보장은 없다.

수십 년 뒤의 변화는 아무도 예측할 수 없다.

그러면서 "라떼~" "나 때는 말이야……"라고 한다.

그러니깐 청년들에게 '꼰대' 소리를 듣는다.

노인들은 청년들이 자기 몸처럼 일상적으로 사용하는

인터넷, 스마트폰, SNS 등

온라인 매체에 서툴고 메커니즘을 이해 못 한다.

자기주장이 분명한 청년들에게 나이 많은 게

무슨 벼슬이라도 되는 것처럼 훈계하려고 한다.

그래서 청년들에게 '노슬아치'라는 소리를 듣는다.

초고령층 시대가 시작됐다.

노동력도, 생산력도 없는 노인층이 증가하는 건

청년들에게 큰 부담이다.

사회적으로 그들을 부양하는 것은 청년들이기 때문이다.

청년들은 노인들을 가리켜 '연금충'이라고 한다.

노인들이 '요즘 젊은 것들은 싸가지가 없다' 하지만,

시내버스에서 노인에게

자리를 양보하는 사람 역시 '청년'이다.

청년들은 지하철 교통약자석에는 절대로 앉지 않는다.

지하철이 아무리 초만원이라도,

텅 빈 교통약자석 앞에 서서 손잡이를 잡고

비틀거리는 한이 있어도 절대 앉지 않는다.

그럼에도 청년들이 잊어서는 안 되는 것이 있다.

사회 구성원으로서 노인이 지니는 존재 가치다.

초기 인류는 약 600만 년 전,

침팬지에서 분화했다고 한다.

침팬지와 인간의 유전자는 무려 98.5퍼센트가 같다.

초기 인류의 평균수명은 침팬지와 비슷해

오래 살아야 40세 정도였지만,

생존을 위해 오래 사는 쪽으로 진화해나갔다.

불을 사용하며 고기 따위를 익혀 먹은 것이

수명연장에 도움이 되었지만

노동력 향상, 지식 전달 등이

수명연장의 더 큰 원인이었다.

수렵채집 시대, 인류는 혈연관계로 구성된
10~30명 정도의 인원으로 무리 지어 살았다.
나이 많은 여자는 노동력이 없는 대신에
어린아이들을 보살펴주는 역할로
생존에 도움을 줬다.
연장자들은 오랜 경험을 바탕으로
무리가 이동할 방향성을 조언했다.
집단행동 결정, 날씨 예측, 먹거리가 풍부한 장소 등
여러 지식을 청년들에게 제공했다.
우리는 이를 '삶의 지혜'라 불렀다.
이것은 인류가 번성하는 밑거름이 됐다.

요즘도 맞벌이하는 젊은 부부가 아이를 낳으면
시부모나 친정 부모에게 양육을 맡기기도 한다.
부모가 결혼 상대를 반대해도 자기들이 결정한다.
그렇지만 부모가 한사코 반대한다면
그 이유를 귀담아들을 필요가 있다.
그들은 오랜 삶을 통해 수많은 사람과 어울려 살면서

소위 사람 보는 눈이 뛰어나기 때문이다.

노인들도 많이 달라졌다.
청년들을 이해하고 부담을 주지 않으려고 노력한다.
빠른 시대 변화에 적응하려고
적극적으로 노력하는 노인도 많다.
예전엔 장남이 당연히 부모를 모시고 함께 살았지만
요즘은 장남도 분가해서 독립하는 것이 대세다.
노인들 스스로 자녀와 함께 살지 않으려고 한다.
서로 부담이 되기 때문이다.
노인들은 자기 견해를 일방적으로 고집하기보다
자녀, 사위, 며느리의 견해를 먼저 듣는다.
청년들도 노인을 경멸하거나
외면하는 것은 바람직하지 못하다.

노인은 사회적 약자다.
어차피 함께 어울려 살아야 한다.
약자를 보호하고 존중하는 게 도리다.
지금은 젊지만 나도 언젠가는 늙어 노인이 된다.
노인도 어렸을 때는 청년이었다.

닭 목을 비틀어도
새벽이 오는 것처럼

시대는 격류처럼 빠르게 흘러가며 쉴 새 없이 변화한다.
그 변화의 속도는 총알처럼 빠르다.
느긋하게 변화하던 시대가 빠르게 변화하기 시작한 것은
18세기 후반 영국에서 일어난 산업혁명 이후였다.

처음 증기기관차가 등장했을 때,
기관차의 최고 속도는 시속 50킬로미터였다.
처음 기차를 타 본 사람들은 빠른 속도에 놀랐다.
현기증 때문에 기절하는 사람이 속출했다.
요즘 고속열차는 시속 300킬로미터에 육박하는데
산업혁명 시절 사람들이 경험해봤다면
지구가 뒤집어지는 줄 알았을 것이다.

19세기 초, 기계혁명으로
직물 공장들은 큰 타격을 입었다.
실업자가 늘어났고 물가가 치솟았고,
노동자들은 그 원인을 기계로 돌렸다.
'러다이트운동'이라는 기계파괴운동을 벌였다.

19세기 후반, 자동차가 등장했다.
그때까지 교통수단이던 마차가 사양길에 들어섰고
일자리를 잃게 된 영국 전역의 마부들이
집단으로 항의하며 정국을 뒤흔들었다.
결국 정부는 '붉은 깃발법'을 제정해 마차를 보호했다.
'붉은 깃발법'이란 자동차를 운전하기 위해서는
붉은 깃발을 들고 걸어가는 기수를 앞세워야 하고
두 명 이상 승차할 수 없으며
마차보다 빠르면 안 된다는 법령이었다.
정말 코미디 같은 법이었다.
이 웃기는 '붉은 깃발법'은 30년 동안이나 이어졌다.
영국의 자동차 산업이 독일이나 미국, 일본보다
훨씬 뒤떨어진 이유가 여기에 있다.

그렇게 문명을 늦추려고 애를 써도 '새벽'은 온다.
어느새 시대는 빠르게 변화해
4차 산업혁명 시대까지 왔다.
시대 변화는 막을 수도, 거부할 수도 없다.
요즘처럼 가파르게 변하는 시대에 우리의 미래가
어떻게 될지는 가늠조차 할 수 없다.
그러면 어떡해야 할까?

가만히 있거나 반발하다가는 남들보다 뒤쳐질 뿐이다.
살아남으려면 변화를 수용하고 적응할 수밖에 없다.
생명체에게 적응은 생존을 위한 몸부림이다.
어떤 동물이 서식지에서 생존하려면
서식지 환경에 적응해야만 한다.
적응하지 못하면 도태되고 멸종된다.

낟알이나 벌레를 먹고 사는 새는
그것들을 쉽게 먹기 위해 부리가 짧게 진화했다.
물가에서 서식하는 물새는
물속 물고기를 잡아먹기 편리하게
부리가 길게 진화했다.

현기증이 날 만큼 빠른 변화에 맞서려면
적응해야 하고 또 진화해야 한다.
진화는 생명체의 한 개체에서만 일어나는 일이 아니라
그 종種 전체가 진화해야 다 함께 살아남을 수 있다.

우리 인간도 마찬가지다.
나 혼자 시대 변화에 적응하려고 몸부림쳐봤자
진화는 이루어지지 않는다.
적응 과정을 여럿이 공유하며
서로 돕고 힘을 합칠 때 진화가 이루어진다.
그래야만 우리가 원하는 방향으로 진화할 수 있다.
더 나은 삶과 진취적인 삶으로 한 걸음 전진할 수 있다.

'혼밥'보다
함께 먹으면 더 맛있다

청년들도 절대적으로 돈이 필요하다.

실업자는 말할 것도 없고,

취업한 청년들도 미래를 설계하자면 턱없이 부족하다.

주식투자, 코인투자, 투 잡, 쓰리 잡…….

좀처럼 희망이 보이지 않는다.

코로나19 팬데믹으로 아르바이트 구하기도 어렵다.

그렇다고 마냥 주저앉아 있을 수도 없다.

개인 창업을 하는 청년들도 늘어나는 추세다.

빌 게이츠나 스티브 잡스도 불과 19세, 20세에

개인 창업을 해서 성공했다.

그들에겐 시대 변화를 내다보는 예지력과

기막힌 아이템이 있었다.

앞날을 내다보는 혜안과
확실하고 남다른 아이디어가 있다면
개인 창업도 바람직하다.
정부 지원도 받고,
투자자들의 투자도 받는다면 바랄 게 없다.

하지만 식당이나 작은 커피숍 등
뻔한 업종으로 창업하면 실패할 가능성이 크다.
큰돈을 빌리거나 부모의 퇴직금까지 끌어내
창업한 것이라면 실패할 확률은 더 높아진다.
돈을 버는 게 아니라 큰돈을 날리기에 딱 맞다.
맨땅에 헤딩한다는 각오로
최소한의 조건에서 시작해야 한다.
그렇게 해도 될 만한 아이템은 성공한다.

스티브 잡스는 20세에 겨우 1천 달러로
자기 집의 좁고 허름한 차고에서 '애플'을 창업했다.
창업은 자본의 유무보다 아이디어의 질이 더 중요하다.

또 꼭 혼자서 창업해야 하는 건 아니다.
게이츠나 잡스도 친구와 함께 창업을 시작했다.
함께하면 역할 분담도 되고 그만큼 위험성도 줄어든다.
혼자 하면 모든 짐을 혼자서 짊어지지만
둘이 하면 두 명의 짐으로 나눌 수 있다.

한가지 눈여겨볼 만한 것이 있다.
몇 년 전부터 지방자치단체들이 특정한 장소에
'청년의 거리'를 조성하고 점포들을 마련해서
청년들을 대상으로 저렴한 가격에 임대를 제공해준다.
그에 따라 청년들이 가까운 친구 몇 명과 팀을 이루어
장사를 시작했고, 점차 상가로 성장했다.
분식점, 커피숍, 공예품 가게, 화방, 공방 등
다양한 점포가 들어섰고
그 지역 청년들이 즐겨 찾는 명소가 됐다.

'공유경제'라고 할까?
처음에는 그럭저럭 잘됐다.
그런데 갈수록 청년들의 발길이 끊기는 곳이 생겨났다.
왜? 차츰차츰 매력이 사라졌기 때문이다.

홍대 거리처럼 매력을 유지하려면

흥미를 끌 수 있는 다양한 점포가 늘어나야 한다.

기존 점포들도 끊임없이 새롭고 참신한 레퍼토리를

개발해야 한다.

그런 노력이 부족했고

현실 유지에 만족했던 탓인지 모른다.

어차피 친구들끼리 힘을 합쳐 돈 벌기에 나섰다면

서로 머리를 맞대고

새로운 아이디어를 끊임없이 개발해야 한다.

손쉬운 돈벌이는 없다.

예컨대, '청년의 거리'에 밤마다 야시장을 하든지,

같은 학교 선후배인 가수에게 재능 기부를 부탁해서

주기적으로 작은 콘서트를 하든지,

지역의 버스킹 가수들을 그곳에 불러

지속적으로 공연을 하든지,

갖가지 경연 대회를 하든지,

지역 축제 중심 마당을 '청년의 거리'로 유치하든지…….

또 요즘 국내에 거주하는 외국인들이

자기 나라의 소소한 특산품, 공예품을

파는 곳도 늘어나고 있다.
그들을 초청해 일정 기간 '청년의 거리'에서
외국 특산품을 팔게 하는 것도 한가지 방법이다.
홍보 차원에서 그 지역 특산품을
일정 기간 원가 이하로 판매하는 것도 방법이 되겠다.

여럿이 힘을 합치고,
성과를 여럿이 골고루 나누는 공유경제는 바람직하다.
더욱이 요즘처럼 힘들고 어려운 시기에
청년들의 일자리 마련에도 큰 도움이 된다.
마른하늘에서 돈벼락이 떨어질 일은 없다.
돈이 필요하고 돈을 벌려면 온몸을 던져야 한다.

"두드려라, 그러면 문이 열릴 것이다."

허튼소리로 치부할 수 있을까?
아니, 미친 듯이 문을 두드려야 한다.
그러면 반드시 열릴 것이다.

PART 4

우리
우테크합시다

먹이사슬은 뫼비우스의띠 같다.
어떤 정점이나 종착점이 있는 게 아니라 돌고 돈다.
인간으로 시작해서 다시 인간으로 돌아온다.
'업보'라는 말처럼 인간이 저지른 잘못이
인간을 향하는 중인지도 모른다.

내 안에
너 있어!

세상에서 제일 좋아하는 사람을 한 글자로 표현한다면?

'너'

두 글자는 '또 너'

세 글자는 '그건 너'

네 글자는 '그래도 너'

다섯 글자는 '다시 봐도 너'

여섯 글자는 '아무리 봐도 너'

열 글자로는 '아무리 생각해도 그건 너'

이런 우스갯소리도 있다.

연인들끼리

"나 얼마만큼 사랑해?" "하늘만큼 땅만큼……" 등

나름대로 애정 표현이 있지만

"내 안에 너 있어"만큼

많은 이의 마음을 사로잡은 표현은 못 봤다.

〈파리의 연인〉이라는 드라마에서 나왔던 명대사다.

'너'는 '어머니' '사랑'과 견줄 만큼 아름다운 우리말이다.

상대방을 가리키는 '너'는

어른이 아이에게, 선배가 후배에게,

친구가 친구에게 자주 쓰이고 연인 사이에도 쓰인다.

그런데 가장 정겹게 쓰이는 건

친구 사이에 친근감을 나타낼 때다.

가족보다도 더 좋은 친구,

하루라도 안 보면 못 견딜 것 같은 친구,

아무것도 감출 것이 없는 친구,

마음이 맞고 뜻이 맞는 친구,

그런 짝꿍, 단짝 친구, 그건 너, 바로 너!

그런 '너'가 있는 사람은 행복하다.

미국의 한 연구소에서 인간 수명을 연구하기 위해

장수하는 사람과 단명하는 사람의 차이를 조사했다.
9년 동안 7천 명을 대상으로 조사해보니
장수하는 사람들이 지니는 공통점이 밝혀졌다.
생활환경, 빈부격차, 직업 만족도, 음주, 흡연 등
여러 조건 중 단 한 가지 공통점이 있었다.
바로 친구 숫자였다.
친구가 많은 사람은 장수했고,
친구가 적은 사람은 질병에 잘 걸리고 단명했다.

우리는 현 사회에서
고독사와 관련된 소식을 어렵지 않게 찾을 수 있다.
고독사! 쓸쓸하게 혼자 죽음을 맞는 것이다.
혼자 사는 노인들이 고독사로 세상을 떠나는 경우는
원래 많았지만 요즘은 1인 가구가 늘어나면서
청년들까지 고독사로 목숨을 잃는 경우가 생겨난다.

이런저런 이유로 가족들과 왕래가 없고
건강을 챙겨줄 친구도 없으니
어쩌다 혼자 세상을 떠나도 아무도 모른다.
그리하여 죽은 지 며칠이 지나서야 발견된다.

오랫동안 시체가 방치되어
정확하게 언제 죽음을 맞이했는지 알 수도 없다.
단짝 친구 '너'가 한 명만 있었어도
그런 가슴 아픈 비극은 일어나지 않을 것이다.

'나'를 중심으로 가장 가까운 인간관계는 혈연이다.
혈연에는 호칭이 있다.
아빠, 엄마, 삼촌, 이모, 고모, 언니…….
그런 호칭도 없고 피 한 방울도 안 섞였지만
어쩌면 혈연보다 더 가까운 사이,
평생을 함께할 수 있는 '너'.

나에게 좋은 일이 생겼을 때도,
나쁜 일이 생겼을 때도 가장 먼저 알리고
함께 기뻐하고 함께 슬퍼할 수 있는 너,
어떤 비밀도 없이 모든 이야기를 할 수 있는 너,
내가 쓰러지면 일으켜 세워주는 너,
작은 물건이라도 함께 나눠 쓰는 너,
무거운 짐을 조금이라도 가볍게 해줄 너,
그냥 서로 얘기만 해도 마음이 편해지는 너.

과연 나에게 그런 '너'가 있는가?

단 하루라도 서로 연락이 안 되면 왠지 불안한 너,

무슨 말을 하든 나를 믿어주는 너,

그런 '너'가 있는가?

있다면 몇 명이나 있는가?

돈은 어쩔 수 없이 삶에서 중요한 가치자 힘이다.

그래서 누구나 재테크에 힘을 쏟는다.

하지만 지금은 재테크보다 '우友테크' 시대라고 말한다.

자신의 우테크는 어떠한지 생각해볼 필요가 있다.

과연 나는 누군가의 '너'로서 잘 살고 있는지.

지금도 보고 싶은
그때 그 사람

비가 주룩주룩 내리고 있었다.
나는 우산을 맞대고 재잘대며 걸어가고 있는
초등학생들을 보면서 초등학교 시절을 떠올렸다.
나는 경기도 양평에서 초등학교를 다녔다.
문득 그 시절 단짝이던 친구가 생각났다.

우리 집에서 서너 집 떨어진 집에 사는 동네 친구였다.
그 친구와 반갑게도 줄곧 같은 반이 됐다.
우리는 이웃 친구며 둘도 없는 단짝 친구였다.
우리 집, 너희 집이 따로 없었다.
비 오는 날이면 같이 우산을 쓴 채 학교에 가고
같이 놀고, 같이 숙제도 하고, 같이 자기도 했다.

중학교에 진학할 무렵 그 친구가 이사를 갔다.
그 당시는 몹시 서운했지만 흐르는 시간과 함께
이별의 아쉬움이 차츰차츰 사라졌다.
나이가 제법 된 지금의 나는
친구가 어디 살며 무엇을 하는지
소식이 궁금할 뿐이다.

누구에게나 그런 추억이 있다.
그렇게 잊힌 친구가 있다.
초등학교 친구뿐만 아니라 중고등학교 시절에도
잊지 못할 친구가 있다.
만나고 헤어지는 게 인간사라지만
뜻하지 않게 헤어지고 세월이 흐르면 불현듯 떠오르는
'그때 그 사람'이 있다.

영원히 잊히지 않고
가끔씩 머릿속에 떠오르는 그때 그 사람은
미운 사람이 아니다.
여전히 아련한 추억이 있고
머릿속에서 지워지지 않는다.

시인 정채봉은 그가 쓴 글에서 '만남'을
생선 같은 만남, 꽃송이 같은 만남, 건전지 같은 만남,
지우개 같은 만남, 손수건 같은 만남으로 나누었다.

생선 같은 만남은 가장 잘못된 만남으로
만날수록 비린내가 나고 악취가 난다.
꽃송이 같은 만남은 가장 조심해야 할 만남으로
피었을 때는 환호하다가 시들면 버리는 만남이다.
즉 이용 가치가 있을 때는 만나고 가치가 없으면 버린다.
건전지 같은 만남도 그와 비슷하다.
가장 비천한 만남으로 힘 있을 때는 바짝 곁에 있다가
힘이 떨어졌을 때는 가차 없이 떠나버린다는 것이다.
지우개 같은 만남은 가장 시간이 아까운 만남으로
금방 달아올랐다가 순식간에 지워버리는 것이다.
손수건 같은 만남은 가장 아름다운 만남으로
내가 힘들 때 땀을 닦아주고,
내가 슬플 때 눈물을 닦아주는 사람과 만남이다.

이처럼 사람과 사람의 만남은 쉬운 일이 아니다.
어떤 인연이 있어 친구가 됐다고

모두 좋은 친구는 아니다.
마음에 드는 이성을 만나 연인이 됐다고
모두 좋은 연인은 아니다.
언제 어디서 누구를 어떻게 만나느냐가 중요하다.

좋은 친구와의 만남은 축복이다.
정말 운 좋게 잊고 있던 친구를 다시 만난다면
그 기쁨은 말로 다할 수 없을 것이다.
그 친구에게 말하라.
그 시절에 나는 네가 있어 행복했다고,
이제는 내가 너를 행복하게 해주겠다고.

넌 결코 혼자 걷고 있지 않다는 걸
알아야 해!

이른 아침,
테이크아웃 커피숍 앞에 사람들이 줄을 서 있었다.
몹시 남루한 차림의 여인이 커피를 주문할 차례가 됐다.
그녀가 커피값을 치르려고
지갑에서 동전을 꺼내 세고 있자,
계산대 직원이 말했다.
"손님, 이 케이크 하나 가져가세요."
여인이 의아해하며 머뭇거리자, 직원이 다시 말했다.
"제가 사는 거예요. 오늘이 제 생일이거든요.
좋은 하루 되세요."
여인은 고맙다고 말하며 자리를 떠났다.
다음은 내 차례였다.

나는 커피를 주문하고 계산대 직원에게 말했다.

"생일에 그 여자분을 위해 케이크를 사주다니 멋지네요.
생일 축하해요."

계산대 직원이 고맙다는 표시로 어깨를 으쓱하자,
옆에 있던 다른 직원이 말했다.

"가난한 손님이 오는 날은
언제나 이 친구의 생일이에요, 하하하."

계산대 직원이 말했다.

"저는 그저 그 여자분이
먹을 걸 살 만한 돈이 없다는 게 안타까워서……."

나는 커피를 들고나오면서
거스름돈은 필요 없다고 말했다.

"그 거스름돈은 당신 거예요."

"손님, 그런데 거스름돈이 너무 많은데요."

"괜찮아요, 오늘이 제 생일이거든요, 호호."

참 아름답고 따뜻한 이야기다.
아름다운 이야기는 많은 사람에게 잔잔한 감동을 준다.
우리가 살아가는 하루하루가 생일인 것처럼
마음이 넉넉했으면 좋겠다.

여기서 '아름답다'는 말은 넓고 다양하게 쓰인다.

그 뜻도 여러 가지다.

'즐거움과 기쁨을 줄 만큼 예쁘고 곱다'는

뜻이 있는가 하면,

'(무엇이) 감탄을 느끼게 하거나

감동을 줄 만큼 훌륭하고 갸륵하다'

'보이는 대상이나 음향, 목소리 따위가 균형과

조화를 이루어 눈과 귀에 즐거움과 만족을 줄 만하다' 등

사전적 풀이도 다양하다.

눈앞에 펼쳐진 자연 풍광이 아름답고

젊은 여성의 자태가 아름답고, 옷맵시가 아름답고

두 손을 꼭 잡고 함께 걷는 노부부의 모습이 아름답다.

어디선가 들려오는 아름다운 노랫소리,

착한 사람들의 아름다운 마음씨.

아름다움 중에 **빼놓을** 수 없는 아름다움은

친구 사이의 우정이다.

신체장애가 있어 걷지 못하는 친구를

중고등학교 6년 동안

하루도 빠짐없이 등에 업고 다닌 친구,

장애인 친구의 휠체어를

하루도 빠지지 않고 밀고 다닌 친구,

모두 아름다운 우정이다.

우리가 살아가는 인생을 한마디로 '삶'이라고 표현한다.

'삶'은 '사람'의 준말이라고 한다.

우리의 인생은 곧 사람과 사람의 만남이다.

다시 말하면 혼자서는 살 수 없다는 뜻이다.

'나'가 존재하려면 '너'가 있어야 한다.

'너'는 참다운 친구다.

나를 잊지 않고 찾아오는 친구가 있는가?

그런 참다운 친구가 있다면

'너와 나'의 우정은 아름다운 것이다.

그런 친구들과 함께 어울려 가꾸어 내는 삶은 아름답다.

친구가 찾아오기를 기다리지 말고

내가 먼저 그리운 친구를 찾아가자.

친구를 위해 무엇인가 해줄 수 있는 삶은 아름답다.

아름다움은 남에게 즐거움과 기쁨을 준다.

자기 자신도 가슴이 뿌듯하고 흐뭇해지는 삶,
사람이 사람을 통해 따뜻해지는 삶이다.

그리하여 너와 내가 해가 떠오르는 아름다움과
해가 지는 황혼의 아름다움을 바라보며
영원히 변치 않는 아름다운 우정을 다짐한다면,
살아가는 하루하루가 즐거움으로 가득 차고
매일이 생일처럼 느껴질지도 모른다.

누구나
좋아할 수밖에 없는 사람

20대 대선의 선거운동이 한창일 때,
여론조사 기관들이 각 후보자 '호감도'를
조사해 보도한 적이 있었다.
주변에도 호감형 인간과 비호감형 인간이 있다.
남들에게 호감을 주는 건 큰 자산이다.
호감형 인간은 남녀노소 누구나 그 사람을 좋아하고
주위에 사람도 많다.

내가 만일 그렇지 못하다면?
내가 비호감형 인간이라면?
스스로 호감을 주는 사람이 되도록
노력하는 방법밖에 없다.

흔히 말하는 '호감형 인간'의 특징은 무엇일까?

외향적이며 긍정적 마인드를 지니고 있다.
항상 표정이 밝고 혼자 있어도 미소를 띠고 있다.
그래서 인상이 좋다.
누구든 평등하게 대하고, 먼저 큰 소리로 인사한다.
"고맙다" "감사하다"라는 말을 자주한다.
대화할 땐 상대방 말을 귀담아듣고 자상하게 반응한다.
조금이라도 웃기는 말에는 남들보다 크게 웃는다.

또 빼놓을 수 없는 특징 중 하나는
상대방 이름을 불러준다.
가까운 친구들은 물론이고
한두 번 만난 사람도 이름을 기억했다가
그 사람을 다시 만났을 때 이름을 불러준다.
누구든지 상대방이 자기 이름을 불러주면 기분이 좋다.
'나를 생각해주고 있고 나를 배려해주고 있구나.'
우리는 이름을 불러주는 사람에게 호감을 느낀다.

호감형 인간은 대화하는 도중에

질문하거나 서로 의논해야 할 경우,

자기주장만을 내세우지 않는다.

상대방을 배려하며

"이건 어때?"와 같이 의논조로 말한다.

모임 분위기를 즐겁게 만들어주고

참석자들이 편하게 공간에 머물 수 있도록 해준다.

나중에 뒷담화 같은 건 하지 않는다.

약속을 잘 지킨다.

어떤 경우라도 이미 약속했다면 반드시 지킨다.

자기가 한 말에 대해서는 책임을 다한다.

친구나 가까운 사람 경조사에 반드시 참석한다.

곤란에 빠진 친구를 돕는 일에도 주저하지 않는다.

그 때문에 누구나 그를 신용하고 신뢰한다.

주변 사람을 깜짝 놀라게 할 만한 특별한 점도 있다.

여러 모임과 취미 활동으로 매우 바쁘게 살면서도

아무도 모르게 주말마다 봉사활동을 꾸준히 했다든가,

항상 웃고 떠들고 활동적이면서도

조용히 음악을 감상하는 클래식 마니아라든가…….

그런가 하면 뜻밖의 순간에 허술한 빈틈이 있기도 하다.
옷을 촌스럽게 입는다든가,
의상이 계절의 변화를 못 따라간다든가,
양말을 자주 짝짝이로 신는다든가,
휴대폰이나 우산 따위를 잘 잃어버린다든가…….

바늘로 찔러도 피 한 방울 안 나올 정도로
완벽한 사람은 매력이 없다.
어딘가 빈틈이 좀 있는 사람이 인간미가 있어 보인다.

미남보다는 호남이 낫다고 말한다.
진정한 호감은 외모가 아닌 그 사람의 성품에서 나온다.
호감은 일부러 꾸며서 생겨나지 않는다.
저절로 우러나는 자연스러운 것임을.
의도적으로 호감형 인간인 척하다가
이중인격자라는 말을 듣지는 말자.
비호감형 인간이 호감형 인간으로 변하려면
위에서 이야기한 특징들을 습관적으로
내 삶에 녹여내는 것이 좋다.
누구나 좋아할 수밖에 없는 사람으로 바뀌어간다면

달라진 삶의 풍경이
당신에게 또 다른 행복을 전해줄 것이다.

호감은 향기와 같다.
꽃처럼 아름다운 향기는
널리 퍼져나가 주변을 기분 좋게 해준다.

타인에게 전이되는
선한 영향력

미국 존스 홉킨스 병원의 공동 설립자인

산부인과 전문의 하워드 켈리 박사는

의대생 시절, 방문판매를 하며 학비를 마련했다.

어느 날, 쫄쫄 굶은 채 마을을 돌아다니다가

날이 저물었는데 호주머니에는

겨우 10센트짜리 동전 한 닢뿐이었다.

마침 외딴집이 눈에 띄어 문을 두드렸더니

한 소녀가 얼굴을 내밀었다.

"물 한 잔 얻어먹을 수 있을까요?"

그러자 소녀가 안으로 들어가더니

큰 컵에 우유 한 잔을 들고 나왔다.

단숨에 우유를 마신 켈리가 소녀에게 물었다.

"우윳값으로 얼마를 드리면 될까요?"
소녀가 대답했다.
"엄마가 좋은 일을 했을 때는
대가를 바라지 말라고 하셨어요."

성년이 된 소녀는 희귀병으로 심한 고통에 시달렸다.
그리하여 하워드 켈리가 시골 병원으로 달려왔다.
그는 당시 명성이 자자한 권위 있는 의사가 돼 있었다.

여성 환자를 본 켈리는 진찰 과정에서
그 환자가 십여 년 전에 자신에게
우유 한 잔을 주었던 소녀임을 알아차렸다.
그는 서둘러 젊은 여성을 수술하고
여러 날 동안 온갖 정성을 다해 치료했다.

켈리의 노력으로 그녀는 마침내 완치되었지만
그녀는 그동안의 치료비가 걱정됐다.
청구서를 살펴보니 예상대로 치료비가 엄청났다.
그런데 청구서 마지막 줄에 이렇게 써 있었다.
"치료비는 우유 한 잔으로 완불되었음."

남을 위한 배려와 선행이 담긴 이야기는
언제 들어도 커다란 감동을 준다.
만일 이야기 속 배려와 선행을
내 삶에 대입하고 실천할 수 있다면
이 감동은 또 다른 타인에게 전이된다.
그것이 바로 '선한 영향력'이다.

지금 이 글을 읽고 있는 당신에게
그 힘이 전해지길 바란다.
선한 힘이 지니는 전파 속도를 믿으며.

✳

아주 행복해지는
현명한 계산법

어느 시골 노인이 세 아들에게 유언을 남겼다.

"내 전 재산인 소 17마리를 너희들에게 물려주겠다.

첫째가 2분의 1을, 둘째가 3분의 1을,

막내가 9분의 1을 나눠 가져 잘 키우도록 해라."

노인이 죽고 세 아들은 아버지의 유언에 따라

소 17마리를 나누려고 했지만 계산할 수가 없었다.

2분의 1을 물려받게 된 첫째는 계산해보니 8.5마리였다.

소 한 마리를 반쪽으로 쪼갤 수 없어서 난감했다.

둘째는 3분의 1이면 5.666······.

셋째는 9분의 1이면 1.888······.

삼 형제 모두 제대로 나눌 수가 없었다.

고심하던 삼 형제는
마을에서 가장 현명한 어른을 찾아가
자초지종을 설명했다.
그러자 그 어른이 말했다.
"그렇다면 내가 자네들을 위해서
아무 조건 없이 소 한 마리를 내놓겠네."

그 어른이 소 한 마리를
기부해준 덕분에 고민이 쉽게 풀렸다.
모두 18마리가 됐으니까 첫째는 9마리, 둘째는 6마리,
셋째는 2마리를 나눠 갖게 됐다.
그런데 다 합치니까 17마리로 한 마리가 남았다.
어른은 자기가 내놓았던 한 마리를
다시 찾아올 수 있었다.

남을 위해 베풀고 나누는 건 결코 손해가 아니다.
현명한 어른이 소 한 마리를 내줬기 때문에
삼 형제는 아버지의 유산보다 한 마리의 소가 더 생겨
제 몫만큼 나눠 가질 수 있었다.
삼 형제는 기뻐하며 어른에게 감사 인사를 전했다.

어른은 감사 인사와 함께 소 한 마리를 다시 찾아왔으니
손해 본 건 없었다.
어쩌면 소 한 마리를 이득 본 것 같은
만족감마저 얻었을지도 모른다.

이처럼 남에게 베풀고 나누는 것에는
경제 논리가 적용되지 않는다.
내가 남에게 행하는 선행은 아무런 손해가 없고
오히려 그 몇 배의 이득과
정신적 만족감, 보람을 가져다주는
'윤리방정식'이 적용될 뿐이다.
더욱이 친구나 가까운 사람들에게 베풀고 나누면
반드시 정신적, 물질적으로
놀라운 이득이 나에게 돌아온다.

꼭 이익을 위해서 하는 일은 아니지만
마음이 마음을 낳는다니 꽤나 이자율 높은 선행이다.

혼자 잘 먹고 잘 살면
무슨 재미야!

농촌이나 어촌으로 돌아가는 청년들이 늘어난다.
흔히 말하는 귀농귀촌이다.

노동력과 생산력이 있는 청년들이
스스로 농어촌으로 들어가 생활 터전을
마련한다는 것은 격려를 보낼 만한 일이다.
구직난에 시달리고
미래조차 암울한 도시에서 허우적거리기보다
농사와 어업에 종사하겠다는 건 건강한 발상이다.
귀농귀촌이 근거지가 있어야 유리한 건 맞다.
자신의 고향으로 내려가서
부모나 친척과 함께 일하는 경우도 많다.

하지만 꼭 그래야 하는 건 아니다.

뜻이 맞는 친구나 선후배들과 마땅한 지역을 물색하고,

그곳에 자신의 미래를 거는 청년들도 많다.

더욱 반가운 것은 각 지자체마다 귀농귀촌종합센터,

귀농귀촌지원센터, 귀농귀촌교육센터가 있어

귀농귀촌 희망자를 위한 지원이 많다는 거다.

귀농귀촌 박람회를 열어 그들을 적극적으로 지원한다.

정착지원금, 창업지원금, 주택자금 지원 등

각종 지원금 제도도 있다.

농어촌에서 펜션이나 카페를 창업해도 지원이 가능하다.

이러한 제도들을 적절히 활용하고,

현지 농어민의 실질적 도움을 받으면

실패 확률이 낮아진다.

예전에는 현지 주민들이 외면하는 경우도 있었다.

하지만 요즘 현지 농어민들도

일일이 작물 재배법을 가르쳐주는 등

적극적으로 지원하고 협조한다.

농어촌 인구 증가, 농어촌 활성화, 생활 개선 등에

큰 도움이 되기 때문이다.

디지털 매체에 익숙한 청년 세대의

도움을 받을 일도 분명 있다.

귀농귀촌하여 자리 잡은 청년들의 생활이 흐뭇하다.

그들은 전통적인 방식으로

무, 배추, 고추 따위의 작물을 재배하지 않는다.

수익성이 높은 새로운 작물,

국내에서 가치가 높은 해외 작물이나 과일을 재배한다.

청년답게 과학 영농과 각종 기기 활용으로

생산성과 재배 환경의 효율성을 높였다.

생산된 작물 판매도 어려움이 전혀 없다.

농협이나 수협이 전량 매입하고 있다.

지자체들도 자기 고장의 특산품들을 전국에 홍보한다.

더구나 요즘은 온라인 판매가 활성화돼 있다.

생산자가 자신이 생산한 작물과 가격을 인터넷에 올리면

도시의 소비자가 이를 구매한다.

중간 유통과정을 생략하는 직거래여서

생산자나 소비자 모두 만족하는 방식이다.

도시 소비자들은 절인 배추, 무, 고추 등

김장 재료를 대부분 온라인으로

생산자와 직접 거래한다.

주거 생활에 불편함도 거의 없다.
요즘은 농어촌도 생활수준이 크게 향상되었고,
풍광을 즐기며 여유롭게 사는 농어민들이 많다.
그뿐만 아니라 마을마다 마을회관이 있어서
마을 주민들과 격의 없이 소통하며 즐겁게 살 수 있다.

농어촌에서 도시의 샐러리맨보다 더 많은 수익을 올리며
살아간다면 얼마나 기쁜 일인가.
또 친구와 함께, 마을 주민들과 함께라면
얼마나 정다운 삶이겠는가.

발상의 전환을 통해 경험하지 못한 새로운 환경을
찾아 나서보는 용기도 필요하다.
변화된 공동체에서 누리는 정다움이
또 다른 행복의 가치가 될지 누가 알겠는가.

PART 5

우리
깐부합시다

'타타타 Tathata'라는 노래가 있다.
'Tathata'는 인도의 고어인 산스크리트어로
'원래 그런 것' '세상이 다 그런 것'이란 뜻이라고 한다.
그런데 '타타타'가 아니라
우리는 '탓탓탓'으로 살고 있다.

무궁화 꽃이 피었습니다

넷플릭스 〈오징어 게임〉을 통해 전 세계에 널리 알려진 '무궁화 꽃이 피었습니다'는 순수한 어린이 놀이다.

어렸을 때 이 놀이를 즐겼던 어른들에게
그 시절 순수함이 남아 있을까?
삶에 시달리고, 삶에 허우적거리는 사람들에게
마음의 여유가 있을까?

시간이 많은 사람도 조급하기는 마찬가지다.
똑같이 마음의 여유가 없다.
도망치듯 쫓기는 삶,
생존경쟁에서 이겨야 살아남기에,

오랜 가뭄처럼 마음이 메마르고 삭막하다.

내가 하는 일들이 잘되고 있는가?

내가 지금 하는 일이 헛된 시간 낭비이지 않을까?

술술 잘 풀리는 일보다 안 풀리는 일이 더 많다.

우울증, 스트레스, 트라우마에 시달린다.

자기도 모르게 마음이 찌들어 있다.

갈수록 삶에 여유가 없다.

들녘에 꽃이 피고 지는 것을 눈여겨본 적이 있는가?

총총한 밤하늘의 별을 고개 들고 쳐다봤는가?

흰 눈이 내리는 오솔길을 친구와 걸어본 적이 있는가?

황혼의 해변을 몇 번이나 걸어봤는가?

바쁘게 사느라고 마음이 메말라버렸다.

만남과 헤어짐으로 소리 내어 울어본 적이 있는가?

슬픈 일이 있어도 눈물이 나지 않는다.

펑펑 울고 나면 오히려 마음이 시원해지는데,

오히려 속이 후련해지는데,

울고 싶어도 울지 못한다.

눈물조차 말라버린 우리의 삶이다.

병이 들면 치료를 받아야 한다.
삶이 생채기투성이라면 치유해야 한다.
순수함을 되찾고 여유를 되찾아야 한다.
마음속의 증오로 독기를 품고 있다면,
마음을 다스려 평정심을 찾아야 한다.
그런데 과연 그런 방법이 있을까?

방법이 있다.
나름대로 환경과 취향에 맞는 방법이 있겠지만
가장 좋은 방법은 자연과 친숙해지는 것이다.

18세기의 계몽사상가이며 교육가였던
장 자크 루소는 그의 명저《에밀》을 통해
"자연으로 돌아가라"고 역설했다.
태어난 지 일주일 만에 어머니를 잃은 루소는
정에 굶주려 성격이 비뚤어진 탓인지,
자존심이 강해서인지 그를 미워하는 사람이 많았다.

그런 사실을 루소 자신도 잘 알고 있어서
그가 쓴《고독한 산책자의 몽상》을 통해

"사람들은 나를 증오한다.

그러나 자연은 내게 언제나 미소를 보낸다"라고 하면서

오직 자연에서만 편안함을 느낀다고 했다.

그는 원래부터 자연주의를 주장했다.

자연에는 아름다운 질서가 있으며,

이 질서에 따라 사는 게 올바르고 행복하다는 것이다.

루소는 이성이 가치 있는 인간의 능력이지만

이성만으로는 인간다운 인간이 될 수 없다고 주장했다.

인간을 인간답게 만드는 것은 도덕성인데

이것은 이성뿐만 아니라

자연적 감정인 양심과 함께 구성된다는 것.

이러한 감정은 자연에서 얻을 수 있다고 했다.

자연에서 우리 삶의 치유 방법을 찾아보면 어떨까.

산이나 계곡, 바다 등이 어우러진 올레길이 많다.

아픔을 겪는 친구가 있다면 함께해도 좋다.

온종일 함께 걸으면서 우거진 숲을 보고,

나무와 풀의 끈질긴 생명력에 감탄하자.

나무와 풀이 비바람을 견뎌내고

탐스러운 열매를 맺고 화사한 꽃을 피어올린
생명력에 감동해보자.
병든 마음과 조급함이 씻은 듯이 사라지고,
메말랐던 감성이 솟아나 눈물이 흐를지도 모르고,
꽃향기와 신선한 공기에 움츠러들었던 가슴이 열리며
순수한 삶의 활력과 열정이 샘솟을지 모른다.

내가 행복해야 내 가족도 행복하고,
내가 웃어야 내 친구도 웃고,
내가 기뻐야 내 동료도 기쁘고,
나를 극복해나가야 내 곁에 있는 사랑하는 이들을
아량 있게 봐주고, 손 내밀어주고,
어깨를 보듬어줄 수 있는 거다.
삶의 시선을 내 곁에 있는 사람에게 옮겨볼 일이다.
삶이 봄처럼 시작을 두려워하지 않는다.

괴테, 칸트 등 많은 예술가와 철학자도
긴 시간 산책이 중요한 일과였다.
그들은 자연에서 영감을 얻어 불후의 명작들을 남겼다.

마음이 마음을 정리하는 산책은 삶에 안정을 주고,
창의적인 발상을 떠오르게 한다.
우리 삶을 자연 속에서 치유해나갈 때,
내 곁에 있는 사람들에게 넉넉하고 아량 있는
훈기를 전해줄 것이다.

은행나무도 마주 서야
열매가 열린다

결혼식장이나 장례식장에 들어설 때,
가장 먼저 눈에 띄는 건 화환이다.
화환이 수없이 늘어선 곳이 있는가 하면
하나 또는 두 개가 호젓하게 놓인 곳도 있다.
그런 화환들을 보면 결혼 당사자와 그 가족,
망자와 유족들의 인간관계를 짐작한다.
물론 정치인이나 공직자 등
대인관계가 직업이 되는 사람이 아닐지라도 말이다.

인간은 많은 사람과 어울려 살아야 한다.
가족이나 일가친척은 인연이라기보다 필연이다.
가장 손쉽게 닿는 인연은 이웃에 사는 또래 친구,

학교 동창, 선후배, 직장 동료 등이다.
남자들은 군대 동기도 각별한 인연이다.
함께 살붙이고 살다 보면 원수가 될 수도 있고
평생의 죽마고우가 될 수도 있다.

친구라도 그냥 아는 사이가 있고, 절친한 사이가 있다.
기쁠 때 함께 기뻐하고, 슬플 때 함께 슬퍼하는 절친들.
어떠한 어려움도 힘을 합쳐 해결할 수 있는 절친들.
참다운 친구가 많은 사람은 삶이 풍요롭다.

저절로 친구를 얻을 수는 없다.
어떤 인연이 있어야 한다.
어떻게 좋은 사람과 인연을 맺어
친구 사이가 될 수 있을까?
인연은 우연히 맺어지기도 하지만
자기 노력으로 맺을 수도 있다.
친구를 얻으려면 누가 먼저 나를 친구로 삼기보다
내가 먼저 좋은 친구를 찾아가
인연을 맺으려고 노력해야 한다.
물론 비즈니스맨이 거래 성사를 위해 협상하듯

계산적인 태도로 다가서면
상대방의 마음을 얻지 못한다.
진심으로 그 사람을 좋아하며 신뢰감을 쌓아야 한다.
그러려면 상대방을 먼저 인정해야 한다.

에이브러햄 링컨이 위대한 대통령이 될 수 있었던 건
상대를 폭넓게 인정하는 인간관계가
밑거름됐기 때문이다.
미국 남북전쟁 당시, 어떤 전투의 작전을 놓고
링컨 대통령과 참모총장의 의견이 엇갈렸다.
링컨은 자신의 주장대로 작전을 실행했다가 패했다.
화가 난 참모총장은 링컨의 비서가 사과하러 오자
거침없이 "링컨은 멍청한 인간이야!"라며 비난했다.
비서가 돌아오자 링컨이 참모총장의 태도를 물었다.
비서는 각하를 멍청한 인간이라고 비난했다고 말했다.
링컨이 이렇게 대답했다.
"그 친구, 사람을 제대로 볼 줄 아네."

링컨이 몹시 싫어하는 인물이 있었다.
링컨은 그 인물을 만나려고 무척 애를 썼다.

주변에서 의아해하자

"그 친구가 싫어서 사귀어볼 생각이야.

그 친구에 대해 좀 더 알아야 할 것 같거든."

링컨의 이런 심성은

상대방에 대한 이해와 존중에서 비롯된다.

남을 존중하지 않으면 나도 남들에게 존중받지 못한다.

자기주장이 무조건 옳다고 말하는 사람은

좋은 친구를 얻지 못한다.

상대방 의견을 경청한 뒤 그의 주장이 옳다면

인정하고 수용하는 게 상대를 존중하는 마음가짐이다.

몇 번의 만남으로 좋은 친구를 얻을 수는 없다.

상대방 마음을 얻으려면

꾸준히 진심을 쏟아 신뢰를 쌓아야 한다.

운명적인 인연도 있겠지만,

인내심을 가지고 노력해야 얻어지는 인연도 있다.

열매가 탐스럽게 익는 데는 오랜 시간이 걸린다.

남에게 폐 끼치지
말라 했는데!

일본은 지역마다 '마츠리'라는 전통축제가 있다.
이 축제에는 그 지역 주민이 모두 참여한다.
마을 어린이부터 노인까지 머리에 띠를 두르고
잔등에 '제祭'자가 크게 쓰인 제례복을 입는다.
무거운 가마를 메는 등
힘든 일은 마을 청년들이 도맡는다.

머리는 노랗게 염색을 했더라도 어른, 아이 할 것 없이
표정과 행동이 매우 진지하고 혼이 담겨 보인다.
그들의 소속감과 공동체의식을
잘 말해주는 지역축제다.

그들의 대표적인 공동체의식은
절대로 '남에게 폐를 끼치지 않는다'는 것.
공동의 질서를 지키며 남을 불편하게 하거나
부담을 주는 행동 따위는 하지 않으려고 한다.

우연히 다른 사람의 발을 밟았을 때,
밟은 사람은 곧바로
"미안합니다" "죄송합니다"라며 사과한다.
그런데 밟힌 사람도 똑같이 사과한다.
그곳에 자기 발이 있어 밟을 수밖에 없게 했다는 것,
서로 폐를 끼쳤다는 것이다.
그래서 서로 몇 차례씩이나 정중하게 마주 절한다.
또 자녀가 밖에서 말썽을 일으켰을 때
부모는 먼저 자기 아이를 꾸짖으며 훈육한다.

우리를 돌아보게 된다.
아파트 층간소음을 들여다보자.
소음이 지나쳐 아래위층에
불편과 고통을 준다면 폐 끼치는 일이다.
층간소음 문제로 싸움이 벌어진다.

소음 피해자에게 소음을 조심하겠다고
사과하면 되는 일이다.
그렇지 않고 먼저 다툼이 벌이지는 건
자기중심적인 사고가 앞서기 때문이다.

자동차를 주차할 때도 그렇다.
아파트 단지나 골목길에 남을 배려하지 않고
오직 자기만 편하게 주차하는 사람도 많다.
두 대가 주차할 공간을 다 차지해 주차한다.
주차된 차와의 거리를 넓게 잡아
다른 차를 주차하지 못하게 한다.
주차금지구역에 주차해
소방차가 진입 못 해 화재가 더 커지는 경우,
아파트 지하 주차장 입구에 차를 세워
주민들이 아우성친 경우,
모두 남에 대한 배려가 없는 폐 끼치는 행동이다.

저마다 자신이 우위에 서서 상대방을 얕잡아보고,
상대방이 고개를 숙이도록 억지 강요하고,
상대방이 굽히지 않고 맞서면 온갖 욕설을 퍼붓고,

내가 잘났으면 다른 사람들도 잘났다는 것을 모를까.
자신의 행동이 남에게 폐를 끼친다는 것,
생각 못 할까.

이미 체질화된 비뚤어진 특권의식도 문제다.
초등학교에서 반장, 부반장은 말할 것도 없고
엄마들은 자기 아이를 분단장이라도 시키려고
발 벗고 나선다.
남보다 우위에 서서 작은 특권이라도 쥐고 싶어 하고,
그것을 자랑스럽게 행사하고 싶어 한다.

거기에 서열의식까지 보태지면,
윗자리에 군림하며
아랫사람들에게 명령하고, 질책하고…….
부질없는 특권의식, 서열의식이
남에게 폐 끼치는 것을 처세술로 활용한다.
폐를 많이 끼칠수록 더욱 잘난 사람이 되고 있다.

남에게 폐만 끼치고 잘되는 사람은 없다.
결과적으로는 모두가 외면하는

외톨이가 되는 경우가 많다.
폐 끼치지 않는다는 건 정신적이든 물질적이든,
나보다 먼저 남을 배려하는 것이다.
남을 배려하지 않으면
자신도 좋은 기회를 배려받지 못한다.

주연을 돋보이게 하는
명품 조연

배우 윤여정이 영화 〈미나리〉로
세계적으로 유명한 국제영화제에서 상을 휩쓸고,
권위 있는 오스카 시상식에서
여우조연상까지 받으며 화제가 됐다.
이어 배우 오영수가 골든글로브 시상식에서
넷플릭스 〈오징어 게임〉으로,
TV 부문 남우조연상을 받아
또 한번 화제가 됐다.
물론 영화나 드라마 이야기를 하려는 건 아니다.

우리 현실에서 치열한 생존경쟁이 불러오는
후유증은 '불평등'이다.

모든 경쟁은 승자와 패자를 낳는다.
이기는 자는 행복하고, 지는 자는 불행하다.
더욱이 승자보다 패자가 훨씬 더 많기에
불평등은 심화된다.

그것은 우리가 자본주의사회를 살면서
어쩔 수 없이 겪는 숙명이다.
미국의 고故 로널드 레이건 대통령은
"자본주의의 태생적 결함은
행복을 불평등하게 나눠주는 것이고,
공산주의의 태생적 결함은
불행을 평등하게 나눠주는 것이다"라고 했다.

대부분 경쟁은 1등이 모든 영광과 영예를 독차지하는
승자독식의 메커니즘이다.
불평등하고 가혹하다.
그 때문에 저마다 1등을 하려고 혈안이 된다.
1등을 하기 위해서는 수단과 방법을 가리지 않는다.
불법이든 탈법이든, 상대를 어떻게든 이기려고 한다.
그래서 우리가 사는 세상은 혼탁해지고 살벌해진다.

그렇게 경쟁에서 1등한 사람은 행복할까?

기쁨은 잠시뿐이다.

수많은 경쟁자가 그를 뒤쫓고 있다.

자칫하면 그들에게 1등을 빼앗길지 모른다는

압박감에 시종일관 시달린다.

그들과의 경쟁에서 살아남으려면

끊임없이 능력을 갈고닦아야 한다.

경쟁은 갈수록 치열해지고 악순환은 반복된다.

"모난 돌이 정 맞는다"는 옛말처럼,

1등을 질투하고 모함하는 자도 많다.

그들이 무슨 트집을 잡아 곤경에 빠뜨릴지 모를 일이다.

영화나 드라마, 뮤지컬, 연극 등은

주연이 흥행의 성패를 좌우한다고 해도 지나치지 않다.

흥행 성적의 많은 책임을

주연이 짊어지고 있음은 분명하다.

그렇다고 해서 조연이 중요하지 않은 건 아니다.

조연은 주연을 더 돋보이게 하는

훌륭한 조력자가 되어 작품을 빛내준다.

조연이 있기에 주연이 있고,

조연이 있기에 영화가 완성된다.
오영수 배우는 골든글로브 남우조연상을 받고
어느 인터뷰에서 이렇게 말했다.
"우리 사회가 1등 아니면 안 되는 것처럼 흘러간다.
2등은 1등에게 졌지만 3등에게는 이겼다.
그런 의미에서 우리는 모두가 승자다.
진정한 승자라고 하면, 자기가 하고 싶은 일에 애쓰면서
내공을 가지고 어떤 경지에 이르려고 하는 사람,
그런 사람이 승자가 아닌가."

아무리 생존경쟁이 치열하더라도
우리 삶에 승자와 패자가 있을 수는 없다.
살아 있는 것만으로도 승자다.
우리는 각자의 삶에서 주인공으로 살아가는데
무엇과 경쟁한다는 말인가.

오스카 시상식에서 사회자가 윤여정 배우에게
쟁쟁한 스타들과 경쟁에서 승리한 소감을 물었다.
윤여정 배우는 서슴없이 대답했다.
"서로 경쟁한 것이 아니다.

각자 서로 다른 역할을 맡은 것이다.
다만 내가 운이 조금 좋았기에 상을 받게 된 것이다.
모두 각자의 영화에서 수상자들이다.”

우리는 사회에서 각자의 역할과 삶이 주어졌다.
그 삶을 살고 있는 모두가 주인공이고 수상자는 아닐까.
사회에서 주어진 역할이 다 다르고
추구하는 게 서로 다 다른데 무슨 경쟁인가.
저마다 원하는 걸 성취하면 모두가 승자다.

오영수 배우는 〈오징어 게임〉에서
깐부 할아버지 역할을 맡았다.
그는 인터뷰에서 자신이 생각하는
‘깐부 정신’을 강조했다.
“네 것도 없고, 내 것도 없고,
승자도 없고, 패자도 없는 게 깐부 정신이죠.
부모와 자식 간의 갈등,
정치적 갈등, 남녀 갈등, 이런 갈등들이
우리 사회에 심각한 것 같습니다.
이런 문제를 바로잡기 위해서는 어느 때보다

'깐부 정신'이 필요하죠.”
'깐부'는 어린이들이 딱지치기나
구슬치기 같은 놀이를 할 때,
놀이도구를 공유하는 가장 친한 친구를 뜻한다.
힘겨운 삶을 이겨내려면 그 어느 때보다
참다운 깐부와 깐부 정신이 필요하다.
무엇이든 함께 하고 공유할 수 있는
진정한 친구가 많은 사람이 진짜 행복하다.

우리는 언제든
틀릴 수 있다

우리가 이 세상에서 수많은 사람과 어울려 살아도
가장 믿을 수 있는 사람은 바로 자기 자신이다.
왜? 나는 나이기 때문이다.

그렇다면 내 말과 행동은 모두 옳은가?
더욱이 갈수록 확증 편향이 심해져
'나는 무조건 옳다'라는 독선이 팽배해지는데
과연 나는 무조건 옳은 것인가?
내가 나를 자신 있게 믿을 수 있는가?

《나생문》으로 우리에게도 잘 알려진
일본의 천재 작가 아쿠타가와 류노스케는

36세에 요절했지만 주옥같은 작품들을 남겼다.
그가 쓴 단편소설 가운데
《덤불 속》이라는 작품이 있다.

어느 부부가 외딴 산길을 가다가 도적 떼를 만난다.
도적들은 남편을 묶어놓고 아내를 겁탈한다.
그리고 남편을 살해한다.
마침내 도적들이 붙잡혀 심문을 당하고 있을 때
현장을 목격한 증인들이 등장한다.
근처에 있던 나무꾼, 근처를 지나가던 스님,
겁탈당한 희생자의 아내가 증언을 시작한다.
그런데 저마다 현장 묘사나 도적의 행위에 대한
증언을 조금씩 다르게 한다.

작가는 이 작품을 통해 어떤 상황과 관련해서
당사자들도 의견이 엇갈릴 수 있음을 보여준다.
인생의 진실이란 그 일부분만 밝혀질 뿐,
전체가 밝혀지기는 어렵다는 것이다.

어떤 진실을 대하는 내 말과 행동은

다분히 주관적이어서 실재적인 진실과는
거리가 먼 경우가 많다.
즉, 내가 나를 자신 있게 믿을 수 없으며
나 역시 틀릴 수도 있다는 거다.

내 생각과는 다른 일이 일어났을 때
나를 특별하다고 여기지 말고,
내가 다른 사람보다 더 똑똑하다고 생각하지 않는
열린 사람이 되자.
그래야 올바른 판단을 내릴 수 있다.

미국 알래스카에서 있었던 실화다.
젊은 아내가 아이를 낳다가 출혈이 심해 목숨을 잃었다.
다행히 아이는 살았지만
아내를 잃은 남편이 아이를 혼자 키워야만 했다.
유모를 구하지 못했고,
대신 잘 훈련된 큰 개를 구해 아이를 돌보게 했다.
남편은 영리하고 충직한 개의 모습에 안심해
아이를 집에 둔 채 외출할 수 있었다.
그러던 어느 날, 남편이 밤늦게 귀가했는데

반갑다고 달려 나온 개가 뜻밖에 피투성이였다.

남편은 불길한 예감에 방으로 달려갔다.

아니나 다를까,

방안은 온통 피범벅이었고 아이는 보이지 않았다.

개가 아이를 물어 죽였다고 판단한 남편은

몹시 흥분해서 권총으로 개를 쏴 죽였다.

그런데 그때 아이 울음소리가 들려왔다.

달려가 보니 방 구석에서 아이가 울고 있었다.

당황한 남편이 죽은 개를 살펴보니

온몸이 맹수에게 물려 상처투성이였다.

곧이어 남편은 뒤뜰에서 개한테 물려 죽은

늑대를 발견했다.

남편은 아이를 지키기 위해 늑대와 혈투를 벌인

충직한 개를 흥분한 나머지 자기 손으로 죽인 것이었다.

지나친 확증편향,

지나치게 내가 나를 믿는 일방적인 자기 확신은

이처럼 큰 오류를 범할 수 있다.

타고르는 인도 최고의 시인이자 사상가다.

아시아에서 최초로 노벨문학상을 수상한 그는

우리나라를 '동방의 등불'이라고 표현했다.

타고르가 어느 날, 중요한 일로 외출해야 했는데

함께 갈 하인이 한참이 지나도 나타나지 않았다.

하인은 출발 시간이 두세 시간 지나서야

헐레벌떡 달려왔다.

이미 시간이 너무 늦어버려 외출을 포기한 타고르는

화가 나서 하인을 당장 해고했다.

그러자 하인이 울먹이며 말했다.

"어젯밤에 제 딸아이가 죽어서

아침에 묻고 오느라고 늦었습니다.

죄송합니다."

오늘날은 개인주의가 팽배한 시대다.

너나없이 모두 제 잘난 맛에 산다.

지나친 자기중심적 사고와 판단으로 인해

남에 대한 배려를 잊어버리면

진정한 '너'를 얻을 수 없다.

'너'가 없으면 '우리'도 없다.

상대를 돋보이게 하는
얀테의 법칙

인류는 200만 년이 넘는 긴 세월 동안
수렵과 채집으로 먹거리를 해결했다.
적어도 약 1만여 년 전, 농업혁명을 이룩하고
정착 생활을 하기 전까지는 수렵채집 사회였다.
수렵채집이란 남자는 사냥하고
여자는 식물류 채집으로 생존하는 것이다.
원시시대 남자들의 사냥은 혼자서는 불가능하다.
솜씨 좋은 사람들이 사냥 도구를 만들었으며
사냥 나가서는 협력하고 협동해야
동물들을 잡을 수 있었다.
그런 협력과 협동이 인류를 만물의 으뜸이 되게 했다.

사냥감을 포획했을 때,

사냥에 참여했던 남자들은 물론이고

여자와 어린이들까지 무리 전체가 나눠 먹었다.

사자나 들개, 늑대 같은 큰 동물도

사냥할 때는 서로 협력하지만,

사냥감을 먹을 때는 저마다 많이 먹으려고 다툰다.

공평하게 나눠 먹은 인류는 번성했고

만물의 영장이 되었다.

협력과 협동은 비슷한 뜻인데 차이가 있다.

협력은 '특정한 목적을 달성하기 위해

서로 힘을 합쳐 돕는 것'

협동은 '서로 마음과 힘을 합하는 것'을 뜻한다.

협력은 '목적'이 앞장서는 반면에

협동은 마음이 앞장선다.

협력은 개개인의 이해관계가 우선이지만

협동은 우리를 위한 마음이 우선이다.

'우리'는 같은 목표를 가진 공동체다.

이 점은 협력과 동일하다.

협동만이 지니는 특이점은

서로의 마음을 이해하고 보살피며

서로에게 버팀목이 된다는 것에 있다.

그러자면 구성원들이 서로서로 존중하고

각자의 역할에 충실해야 한다.

이런 덕목은 단단한 마음가짐이 필요하다.

한마음 한뜻으로 똘똘 뭉칠 힘은 여기서 나온다.

스웨덴, 덴마크, 노르웨이 등 북유럽 복지국가들에서는

덴마크 작가가 만든 '얀테의 법칙Jante's Law'이

그들 문화의 핵심을 이루고 있다.

참고하면 자신의 마음가짐을 다지는 데 도움이 된다.

얀테의 법칙은 아래와 같이 열 가지다.

❶ 스스로 특별한 사람이라고 생각하지 마라.

❷ 내가 다른 사람보다 좋은 사람이라고 착각하지 마라.

❸ 내가 다른 사람보다 더 똑똑하다고 생각하지 마라.

❹ 내가 다른 사람보다 우월하다고 자만하지 마라.

❺ 내가 다른 사람보다 더 많이 알고 있다고
   생각하지 마라.

❻ 내가 다른 사람들보다 더 중요한 위치에 있다고

생각하지 마라.

❼ 내가 무엇을 하든지 다 잘될 것이라고 장담하지 마라.

❽ 다른 사람을 비웃지 마라.

❾ 다른 사람이 나에게 신경을 쓰고 있다고
생각하지 마라.

❿ 다른 사람을 가르치려고 하지 마라.

1969년 7월, 최초로 인류가 달 착륙에 성공하고 얼마 뒤
NASA(미항공우주국)를 방문한 어느 사업가가 있었다.
그는 찾아갈 부서의 위치를 몰라 로비에서 서성거렸다.
중년 남성이 로비에 나타났고 사업가는 그에게 물었다.
"실례지만 나사 직원이십니까?"
"그렇습니다."
"무슨 일을 하십니까?"
"인간을 달나라에 보내는 일을 하고 있습니다."
사업가는 그의 행색이 의아해서 다시 물었다.
"어느 부서에서 일하십니까?"
"저는 청소부입니다."

아폴로 11호가 인간을 태우고

달 착륙에 성공할 수 있었던 건

나사의 구성원이 한마음 한뜻으로 협동한 결과다.

청소부도 그 구성원의 일부다.

청소는 역할 분담일 뿐이다.

그래서 그는 서슴없이 인간을 달나라에

보내는 일을 하고 있다고 자신 있게 말한 것이다.

다이아몬드는 탄소가 99.5페센트지만

철과 희귀한 성분인

루비듐, 지르코륨, 스트론튬 등이 합쳐진 결정체다.

황금도 금과 함께 구리, 아연, 니켈, 은 등

다른 성분이 합쳐져 있다.

그래서 금은 순도가 얼마나 높은가로 가치를 따진다.

내 생각이 모두의 생각이 아니고,

내 마음이 모두의 마음이 아니듯,

서로 다른 '너와 나' 성분이 모여서

보석처럼 빛나는 '우리'가 된다.

누구라고 할 것 없이

우리 모두 무척이나 어려운 시대에 살고 있다.
사정이 어려우니 마음에 여유가 없어지고
서로 편이 갈라지고 갈등하고
점점 극단적으로 대립한다.

청년들은 세대 갈등, 계층 갈등, 젠더 갈등 등으로
첨예하게 맞서고 있다.
저마다 그럴 만한 이유가 있겠지만
나와 생각이 다른 사람들도 존중할 필요가 있다.
내 생각이 반드시 정답은 아니다.
견해가 다른 사람들의 이야기도 귀 기울여 듣다 보면
어떤 갈등도 슬기롭게 해결할 수 있다.
매우 바람직한 효과를 얻는다.

대립하며 서로 싸워서 얻을 건 아무것도 없다.
연인 사이가 그렇듯 양쪽 모두 심한 상처만 남을 뿐이다.
협동심으로 우리 인류가 번성했듯이,
이제 갈등은 멈추고 다 함께 번영을 모색할 때다.

생각 없는 사람의
생각들

생각과 관련해서 이런 유머가 있다.

일본인 – 생각하고 난 뒤에 뛴다.
중국인 – 일단 뛰고 난 뒤에 생각한다.
미국인 – 뛰면서 생각한다.
한국인 – 뛰다가 자기가 왜 뛰는지 잊어버린다.

유머니까 과장이 있겠다.
뛰다가 잊어버리는 게 아니라,
생각 없이 뛰니까 왜 뛰는지 모르는 거다.
부끄러운 이야기지만 아주 많은 사람이
깊은 생각 없이 되는 대로 살아간다.

깊이 생각하지 않으니까 조리 있게 말을 잘 못 한다.

말과 관련된 직업에 종사하는 사람을 제외하면

모두 말이 서툰 편이라 사소한 시비가

싸움으로 이어지고 심한 사람은 흉기를 휘두른다.

성질은 급하고 조리 있게 말을 못 하니

욕설부터 튀어나온다.

서로 '무뇌충'이라고 비난한다.

머리가 텅 빈 벌레처럼 생각이 없다고 경멸한다.

한국 내 유럽 주재기자가 한국인 평가 기사를 썼다.

그는 한국인을 한마디로 줄여서

3광^{狂} 1유^{有} 1무^{無}로 표현했다.

한국인들이 미쳐 있는 세 가지는 무엇인가?

첫째, 한국인들은 누구랄 것 없이 스마트폰에 빠져 있다.

지하철을 타 보면 거의 모두 스마트폰을 들여다보는데

카톡, 게임, 먹방, 노래 등 별것도 아니다.

책을 읽는 사람은 거의 없다.

부부가 아이들을 데리고 공원으로 산책 나가면

부부는 제각기 스마트폰을 들여다보고,

아이는 멋대로 뛰어 논다.

부부간에 대화가 별로 없다.

식탁에서도 저마다 스마트폰을 들여다본다.

가족 간에 대화도 거의 없다.

둘째, 한국인들은 공짜 돈에 빠져 있다.

공짜 돈이라도 그 돈의 출처를 알고 써야 하는 것 아닌가.

정부가 재난지원금이라는 명목으로 주는 돈은

어디서 나오는가? 결국 세금 아닌가.

한국 사람들은 공짜를 좋아한다.

셋째, 한국인들은 트로트에 빠져 있다.

이제 트로트는 대부분 방송국의

단골 프로그램이 되었다.

TV를 틀면 트로트 가수들이 겹치기 출연하고,

똑같은 노래를 되풀이해서 부르니 식상하다.

한국인들의 DNA에 흥과 끼가 많다는 건 안다.

세계에서 인구 대비 노래방이

제일 많은 나라가 한국이다.

하지만 시도 때도 없는 트로트와 음주 가무는

정신이 황폐화된 사회현상을 보여주는 게 아닐까?

고대 로마가 망할 때 포도주와 공짜 빵,

그리고 서커스에 취해 망했다고 한다.

그 전철을 밟는 것인가?

한국이 추락해간다는 사실을 애써 외면하는 게 아닐까.

한국인들의 '1유ʰ'는 무엇일까?

'말은 한다'다.

말은 한다? 이게 무슨 소리야?

모두 스마트폰에 빠져 앉으나 서나 스마트폰,

길거리를 걸으면서도 스마트폰,

가족 간에 대화가 없어도

말 못 하는 청각장애인은 아니다.

그래도 말은 한다는 것이다.

한국인은 말만 늘어놓을 뿐 실행은 거의 하지 않는다고.

툭하면 건물이 무너져 수많은 사람이 희생돼도

말만 번지르르할 뿐 개선하지 않는다.

똑같은 사고가 되풀이된다.

오죽하면 한국인을 가리켜 '나토ᴺᴬᵀᴼ족'이라고 할까.

NATO는 유럽의 군사동맹을 말하는 게 아니다.

'No Action, Talk Only'의 이니셜이다.

'행동은 하지 않고 오로지 말만 앞세우는 족속'이라는 뜻.

그러면 마지막으로 '1무無'는 무엇일까?

뭐가 없다는 걸까?

안타깝게도 '생각이 없다'는 것이다.

한국인은 깊이 생각하는 걸 싫어한다고.

오랜만에 친구를 만나 "요즘 어떻게 지내?"라고 물으면

"그냥 아무 생각 없이 지내지"라는 대답을 자주 듣는다.

깊은 생각이 없으니까 쉽게 잊히고,

그저 생각나는 대로 말한다.

이런 삶은 실천이 없다.

영국의 인생철학자이자 작가인 제임스 알렌은

"당신은 지금 무슨 생각을 하고 있는가?" 묻고,

"당신이 이루거나 이루지 못하는 것들

모두 당신이 품은 그 생각들의 직접적 결과물이다.

생각의 주인은 당신이다. 어떤 생각을 하느냐에 따라

당신의 인생이 달라진다"라고 했다.

아무런 생각 없이 사는 사람은 없다.
어떤 사안에 대해 "생각 좀 해봐"라고 말하면
"생각하면 머리 아파!"라고 대답하는 것이 우리다.

논리적이고 체계적으로 생각하려면 어떡해야 할까?
무엇보다 먼저 독서를 권하고 싶다.
독서 시간은 자신이 스마트폰 들여다보는 시간의
10분의 1만 투자하면 충분하다.
책을 통해 작가의 깊은 사유와
등장인물들의 삶을 간접적으로 경험한다.
그에 따라 책을 읽는 사람도 많은 생각을 한다.

'글쓰기' 열풍에 힘입어
글쓰기 관련 교육 프로그램이 많이 생겼다.
소설가나 시인을 키우려고 그러는 게 아니다.
어떤 글을 쓰려면 먼저 주제를 정하고
그에 따른 생각들을
논리적이고 조리 있게 정리해야 한다.
그래야 기승전결의 짜임새가 있는 글을 쓸 수 있다.
그런 글쓰기 과정이 깊이 있게 생각하는 방법이고,

자기 생각을 정리하는 과정이다.
이런 과정이 생각하는 습관을 길러주는 데
큰 도움을 주기 때문이다.

글쓰기 과정에 참여해서 생각하는 스킬을 길러보자.
생각 없는 사람들이 흔히 하는 실수를 줄일 수 있다.
삶에 든든한 '생각 방어막'이 생기는 것이다.

생각 없는 사람의 생각이
생각 있는 사람의 생각까지 침범해서
사회질서나 제도가 어지럽혀지고 있다.
이럴 때 '생각 방어막'이 필요하다.
안 좋은 생각에 휩싸이지 않을 단단한 방어막,
올바르고 깊은 생각.
한번쯤 우리 모두를 돌이켜 보고
평소 하는 생각을 한번 더 깊게 할 필요가 있다.

PART 6

우리
꿈꾸기로 합시다

내 정체성에는 사실 타인이 숨어 있다.
타인의 영향에서 내 삶은 벗어날 수 없다.
그렇기에 우리는 삶에서 중심을 잘 잡지 못하고
망망대해의 부표처럼 불안을 겪는지도 모른다.
이런 나를 객관적으로 봐줄 사람이,
내 모든 것을 깊이 있게 잘 아는 사람이,
바로 '너'가 있어야 한다.

왜 이렇게 되는 일이
하나도 없지?

다산 정약용의 시 한 편을 보게 됐다.
독소獨笑, 즉 〈혼자 웃다〉라는 시인데,
풀이하면 대략 이런 내용이다.

살림이 넉넉하여 양식이 많은 집은 자식이 귀하고
자식이 많은 집은 가난하여 굶주림이 있다.
높은 벼슬아치는 꼭 멍청하고
재주 있는 인재는 재주 펼칠 길이 없다.
집안에 완전한 복을 갖춘 집은 드물고
지극한 도道는 항상 쇠퇴하기 마련이다.
부모가 절약하여 재산을 모으면 자식들은 방탕하고
아내가 지혜로우면 남편은 바보짓을 한다.

보름달 뜨는 날은 구름이 자주 끼고
꽃이 활짝 피면 바람이 불어댄다.
세상일이란 모두 이런 거야.
나 홀로 웃는 까닭을 누가 알아줄까.

우리가 살아가는 세상사 내 뜻대로 되는 게 아니라서
혼자 허탈하게 웃는다는 내용이다.
내 생각과 행동이 뜻대로만 된다면 얼마나 좋을까.

세상은 그렇게 만만하지 않아서
시련, 역경, 고난, 불운, 실패가 있고
그것을 극복해야 성공할 수 있다.
참 얄궂게도 내가 아무리 노력해도
한번 불행한 일이 닥치면
또 다른 불행이 잇따라 발생한다.

집값이 정신없이 올랐고
이러다가는 영원히 내 집을 마련하지 못할 것 같아서
그동안 저축한 돈 몽땅 털고, 형제자매에게 빌리고,
은행에 큰돈을 대출받고, '영끌'로 작은 아파트를 샀더니,

집값은 뚝뚝 떨어지고,

주식이나 코인은 내가 사면 폭락하고,

내가 팔면 폭등하고,

일이 안 되려면 뒤로 자빠져도 코가 깨진다더니

아니, 왜 이러는 거야?

왜 이렇게 되는 일이 하나도 없는 거야?

한때 '머피의 법칙'이 회자됐다.

일이 항상 원하지 않는 방향으로 진행된다는 뜻이다.

비가 올 것 같아 우산 들고 나가면 활짝 개고,

약속 시간에 촉박하게 나가면

신호등마다 다 걸리며 정체가 극심하고,

여유 있게 나가면 도로가 뻥뻥 뚫려

일찍 도착해서 마냥 기다리게 되고,

단체 미팅에 나가면 가장 못생긴 사람이 내 짝이 되고,

멋진 인간 찜했더니 아는 친구 애인이고…….

이런 현상이 머피의 법칙이다.

일어날 확률이 1퍼센트도 안 되는 일이 계속될 때

'머피의 법칙'이라고 한다.
나에게만 나쁜 일이 일어나는 건 아니다.
사실 누구나 마찬가지다.

우리보다 200년쯤 앞서 살았던 정약용까지
갖가지 어긋나는 세상사, 인생사를 한탄한 것 보면
시대가 아무리 변해도 이 진리만큼은 변하지 않는다.

전문가들은 그러한 머피의 법칙에서 벗어나려면
항상 잘된다는 긍정적인 마인드가 필요하다고 말한다.
"나는 된다, 된다, 무엇이든 다 된다"라는
긍정적인 마인드로 임하면 정말 뜻대로 되고,
"나는 안 돼, 안 돼, 되는 일이 없어"라고
부정적인 마인드로 임하면
정말 생각한 대로 되는 일이 없고,
부정적인 결과로 이어진다는 것이다.

어떤 일에 지나친 기대를 지니면 실망할 확률도 높다.
"나는 이번 시험에 꼭 1등 할 거야"라고 자신했다가
2등, 3등을 하게 되면 실망하고

내 뜻대로 되는 게 없다고 생각한다.
사실 2등, 3등도 엄청 잘한 건데 말이다.

중국 최대 전자상거래 업체
'알리바바'를 창업한 마윈은 이런 말을 했다.
"기대치가 클수록 실망도 큰 법이다.
그래서 나는 언제나 내일은 더 나쁠 거라고,
틀림없이 더 나쁜 일이 생길 거라고 생각한다.
그렇게 하면 내일 정말로 어려운 일이 닥쳤을 때,
두려움에 사로잡히거나 절망감에 빠지지 않는다."

그렇다, 마윈처럼 생각하면 안 되는 일이 없다.
'머피의 법칙'과 대치되는 '셀리의 법칙'도 있다.
기대하지도 않았던 일이
좋은 결과로 이어지는 것을 말한다.
내 마음먹기에 달렸다.
찾아온 행운을 좋은 결과로 만드는 힘은
이런 마인드에서 오지 않을까.
내일을 기대하지 않기에
오늘 최선을 다하는 태도를 가진다.

그런 오늘과 오늘이 모여야 행운과 함께 찾아온
내일을 누구보다도 즐겁게 맞이할 수 있다.

우리가 꿈꿔온 버킷리스트,
함께하면 이루어진다

취업 실패 후 아예 취업을 포기한 청년이
60만 명이 넘는다고 한다.
수많은 구직자가 아직 취업을 위해
애쓰고 있는 것을 생각한다면
취업하지 못한 사람이 얼마나 많을지 헤아릴 수 없다.
혹자는 청년이 현실에서 느끼는 상실감이 큰데,
원고 제목을 버킷리스트로 정하냐고 할지도 모른다.

그렇다고 아무것도 하지 않으면서
하루하루 세월을 보낸다면 청춘이 얼마나 아까운가.
"아아, 청춘! 사람들은 그것을 일시적으로 소유할 뿐,
그 나머지 시간은 회상할 뿐이다."

프랑스 대문호 앙드레 지드가 남긴 말이다.

삶의 목표가 없으면 하루하루가 피곤하다.
기계도 오래 멈춰 있으면 녹이 슨다.
무엇인가 해야 한다.
가만히 있지 말고 움직여야 한다.

그러기 위해서는 뭐가 좋을까?
'버킷리스트'가 있다.
버킷리스트는 일반적으로 죽기 전에
꼭 하고 싶은 목록을 말한다.
버킷 bucket 에는 죽음의 의미가 담겨 있다.

죽음을 앞두고 하고 싶은 거 다 해보라는 게 아니다.
20대의 버킷리스트도 있고, 30대, 40대, 50대……
세대에 따라 그 세대에 하고 싶은 일들이 있기 마련이다.
아무리 하고 싶어도 그 세대가 지나가면
하기 어려운 일도 많다.

그럼 버킷리스트는 거창한 걸까?

더욱이 2030 청년 세대의 버킷리스트는
용감한 도전과 담대한 모험으로 짜여야 할까?
버킷리스트는 꼭 거창한 일들이 아니어도 된다.

〈버킷리스트 : 죽기 전에 꼭 하고 싶은 것들〉이라는
영화가 있는데, 두 노인 이야기다.
평생 자동차 정비공으로 살아온 카터는
병원에서 암 판정을 받고
자신의 생명이 1년 시한부라는 사실에 충격받는다.
그는 무엇인가 메모하던 종이를 찢어버린다.
한편 평생 일에만 매달려온 대 사업가 에드워드는
병원을 인수하려고 왔다가
역시 6개월 시한부 암 판정을 받고
카터의 병실에 함께 입원한다.
우연히 카터가 찢어버린 메모를 보게 되는데
그것은 죽기 전에 꼭 하고 싶었던 것들의 목록이었다.

❶ 장엄한 광경 보기
❷ 모르는 사람들 도와주기
❸ 눈물 날 때까지 웃기

❹ 머스탱 셸비로 카레이싱하기

❺ 정신병자 되지 말기

여기에 에드워드는 자신이 생각하는
버킷리스트를 추가한다.

❻ 스카이다이빙하기

❼ 가장 아름다운 미녀와 키스하기

❽ 영구 문신 새기기

❾ 중국과 홍콩 여행, 이탈리아 로마 여행,
   인도 타지마할 보기, 이집트 피라미드 보기

❿ 오토바이로 중국 만리장성 질주하기

⓫ 세렝게티에서 사자 사냥하기

거창하고 재미있는 리스트들도 있지만
일상의 소소한 행복을 찾는 리스트가 더 많다.
만일 청년 세대가 버킷리스트를 작성한다면
어떤 것들이 있을까?
젊었을 때 하는 게 좋고, 해두면 평생 삶에
도움이 될 만한 일은 어떤 게 있을까?

순서 없이 생각나는 대로 적어봤다.

잊고 지낸 옛 친구 찾기, 동창생들과 국내여행,

단짝 친구와 해외여행(오지, 극한지역 등),

백두산 등정(트래킹), 자전거 전국 일주(남자),

세계 명작 50권 읽기,

자격증 따기(운전은 기본, 조리사 자격증 등),

외국인 친구 사귀기, 마라톤 경기 참가,

악기 한 가지 익히기,

일평생 하게 될 취미 개발, 자원봉사 활동,

템플스테이(보름 이상), 후회 없이 연애하기…….

정답이 있을 수는 없다.

자신이 하고 싶은 버킷리스트가 정답이다.

물론 경제적 능력이나 시간을 감안해야 한다.

버킷리스트는 한꺼번에 다 하는 게 아니다.

갖가지 조건들을 돌이켜 보고

1년, 2년, 3년, 5년…….

이렇게 실천할 수 있는 기간을 정해야 한다.

여기서 중요한 점은 혼자 하는 게 아니라

여럿이서 함께해야 한다.

영화처럼 누군가와 함께 버킷리스트를 작성하고
서로 격려하며 실천할 때 성과가 훨씬 더 클 것이다.

함께 버킷리스트를 작성한 사람들이
각자 개인의 경험과 지식을 바탕으로
프로젝트를 기획하고 수행해보는 것도 방법이다.
가령, 버스킹에 도전한다고 했을 때
누군가는 장소를 물색하고
누군가는 기타나 드럼 등 연주를 맡고
또 다른 이는 보컬을 맡아
하나의 세션을 구성해서 공연해보는 것이다.

호응을 얻지 못하더라도 무언가에 도전했고
주체적으로 참여했다는 경험과 실천이 중요하다.
버킷리스트를 공유하는 데서 오는
성취감과 만족감이 바로 소확행이다.

영화 〈버킷리스트〉에서는
사회적 신분, 살아온 이력, 빈부격차, 성향, 사고방식 등
전혀 다른 두 사람이 버킷리스트로 작성한

열한 가지 리스트를 실행에 옮긴다.

자신들이 살아온 삶을 서로에게 털어놓으며 위로받고

동시에 스스로를 성찰한다.

'인생에서 기쁨을 찾았는가?'

'당신의 인생이 다른 사람들을 기쁘게 해주었는가?'

그리고 떠올린다.

'인생은 짧다, 젊었을 때 즐겨라.'

공통점이 한 가지도 없었던 두 사람은 점점 가까워진다.

카터가 먼저 죽음을 맞이하고

에드워드가 슬퍼하며 말한다.

"저는 진심으로 자부심을 느낍니다.

카터와 친구가 됐다는 것을."

버킷리스트는 삶의 만족도를 높이는 데 좋은 수단이다.

할 일도 없고 되는 일도 없다고

푸념만 하며 세월을 보내다가는

아무런 발전 없이 사회에서 도태된 나를 대면하게 된다.

"바람이 불지 않을 때 바람개비를 돌리는 방법이 있다.
바로 달려나가는 것이다."
우리가 잘 아는 데일 카네기의 말이다.

가만히 멈춰 있는 사람들을 보고
카네기는 말하지 않을까.

안 뛰고 뭐 하냐고.

오르지 못할
나무는 없다

"능력 없으면 부모를 원망해.
있는 부모 갖고 감 놔라 배 놔라 하지 말고.
부모 돈도 능력이야."

이 말을 기억하는 사람들이 적지 않다.
2016년, 최순실 국정 농단 사건으로 시끄러울 때
그의 딸이 SNS에 올려 크게 화제가 됐던 글이다.
그 뒤부터 청년들 사이에는
금수저, 은수저, 흙수저에 대한 계층 갈등이
사회적 이슈가 됐다.

물론 이 담론은 지금도 여전하다.

오늘날은 옛날처럼 왕의 아들이 왕이 되고,
귀족의 자녀가 귀족이 되고,
5품 이상 고위 관료의 아들이
과거 시험을 보지 않아도 벼슬아치가 되는
음서제가 있는 것은 아니다.

하지만 현실은 그와 크게 다르지 않다.
재력과 권력이 있는 부모의 자녀들은
소위 말하는 '금수저'가 된다.
그들은 흔히 말하는 아빠 찬스, 엄마 찬스로
좋은 대학도 가고,
취업이 하늘의 별 따기보다 어려운 현실에서
이른바 '신의 직장'에 들어가기도 하고,
원하는 것을 쉽게 이룰 수 있다.

흙수저들은 가난한 부모에게서 태어난 잘못으로
힘겨운 세상에서 취업, 연애, 결혼, 내 집 마련
무엇 하나 뜻대로 되는 일이 없다.
그들이 가족을 위해 묵묵히 일만 하며
정직하게 살아온 부모를 원망하기에 앞서

부모가 먼저 큰 죄를 저지른 것처럼 자책한다.

"자식들 볼 면목이 없어.
내가 무능하고 무력해서 자식들까지 고생시키니…….
얘들아, 정말 미안하다!"

더욱 분노하게 하는 건 흙수저들은 아무리 노력해도
신분 상승, 계층 이동의 사다리가 없다는 것이다.
"개천에서 용 난다"는 옛말에 불과하다.
최근 어느 인기 있는 패션 유튜버가
금수저로 행세하며 짝퉁 명품들을 걸치고 방송했다가
호되게 비난받아 화제가 되었다.
금수저가 되고픈 욕망이 빚어낸 부끄러운 해프닝이다.

많은 흙수저들의 현실이 안타깝다.
그렇다고 그들이 열등감에 좌절해서는 안 된다.
세계적인 경제 전문지 〈포브스〉가
미국 백만장자들을 조사해보니,
약 70퍼센트가 자수성가한 것으로 나타났다.
자유민주주의, 자본주의 시장경제 체제에서

빈부격차는 어쩔 수 없다.

태생적으로 불평등한 것이다.

세계 어딜 가도 맥도날드 광고는 눈에 띈다.

맥도날드를 세계적 기업으로 키운

레이 크록은 정수기 판매 사원이었다.

어느 날 '맥도날드 BBQ'라는 작은 음식점에서

정수기 주문을 받고 찾아갔다가

좋은 아이디어가 떠올라 아예 그 음식점을 인수했다.

그 아이디어는 바로 패스트푸드였다.

음식점은 손님에게 주문을 받고

그 음식을 만들어 제공한다.

그동안 손님은 아무리 바빠도 기다려야 한다.

크록은 그 점에 착안해

3S(Speed·Service·System)를 내세운다.

이것이 오늘날 맥도날드를 만들어냈다.

흙수저들에게 최고의 롤모델이 될 만한 인물이 또 있다.

'파나소닉' '내셔널' 브랜드로 잘 알려진

일본의 세계적 기업 '마쓰시타 전기'의

창업주 마쓰시타 고노스케다.

일본에서는 그를 '경영의 신'으로 부른다.

3남 5녀 막내로 태어난 그는 가난한 집안 환경 탓에

아홉 살에 초등학교를 중퇴하고 돈벌이에 나섰다.

어린 그가 할 수 있던 일은 고작 잔심부름이었다.

이런저런 점포들을 거쳐

16세에 오사카 전등 회사의 견습공이 됐다.

전구나 소켓 따위를 만드는 작은 회사였다.

당시 일본 전기 요금은 천정 전선에 연결된

소켓 사용 비용이었다.

마쓰시타 고노스케는 어느 부부가 전등을 놓고

불평하는 소리를 듣고 기막힌 아이디어를 떠올렸다.

쌍 소켓을 만들자는 것이었다.

전깃줄은 하나지만 쌍 소켓으로 전등 두 개를 켜면

두 배로 밝아질 뿐만 아니라 조명과 다림질,

두 가지 역할을 할 수 있게 창안한 것이다.

이것이 히트해서 '마쓰시타 전기'의 기반이 됐다.

'타타타^{Tathata}'라는 노래가 있다.

'Tathata'는 인도의 고어인 산스크리트어로

'원래 그런 것' '세상이 다 그런 것'이란 뜻이라고 한다.

그런데 '타타타'가 아니라

우리는 '탓탓탓'으로 살고 있다.

자신이 당당하게 살지 못하는 것을

모두 남 탓으로 돌린다.

사회현상을 탓하고, 부모를 탓하고,

주변 사람을 탓한다.

'위기危機'라는 말은 위험과 기회가 합쳐진 말이다.

어려운 시기일수록 좋은 기회가 찾아올 가능성이 크다.

기회는 준비된 사람에게 먼저 온다.

세상을 불평해봤자 달라질 건 아무것도 없다.

세상을 바꾸려면 내가 바뀌어야 한다.

다른 사람들과 비교하려고 하지 말고,

추구하는 것을 꾸준히 준비하다 보면

반드시 좋은 기회가 올 것이다.

오르지 못할 나무는 없다.

노력은 행운을
찾아오게 한다

로또복권 판매점에는
항상 복권을 사려는 사람들이 줄지어 있다.
기막힌 행운과 놀라운 기적이 일어나
인생이 역전되기를 꿈꾼다.
그 때문에 로또복권을 사고,
주식이나 코인을 하고, 경마도 하고,
심지어 도박까지 한다.
각종 행운의 기회에 당첨되기를 기대한다.
소위 말하는 대박을 꿈꾼다.

조금이라도 더 잘살려는 게 인간의 욕망인데
이 욕망은 채워도, 채워도 끝이 없다.

욕망이 다른 욕망으로 전이되며
자신의 몸집을 키워갈 뿐이다.
힘에 겨울수록 의외의 것이 나타나
도와주기를 기대한다.
종교에 의지하나 그것으로는 부족하다.
행운, 횡재, 일확천금을 꿈꾸고 인생 역전을 기대한다.

뜬구름 잡기는 뜬구름 잡기일 뿐이다.
로또복권 1등 당첨 확률은 약 800만분의 1이다.
당첨 확률보다 벼락 맞을 확률이 훨씬 더 높다.
당첨되면 좋겠지만
안 돼도 그만이라는 마음으로 살아야 한다.

내게 불행이 일어나지 않는 것이
행운이라고 생각하면 어떨까.
벼락 맞고 싶은 사람은 없다.
길을 걷다가 갑자기 땅이 꺼져
싱크홀에 빠지고 싶은 사람은 없다.
태풍에 흔들리는 전광판이 내 머리로 떨어진다면?
그런 일이 나한테 안 일어나는 것도 행운이다.

로또복권뿐만 아니라,

전 세계에는 거액이 걸린 복권이 많다.

어떤 복권이든 끝내 당첨자는 나온다.

대개 평범한 사람들이다.

수백억 원의 당첨자들도 있다.

거액의 상금이니 그런 행운이 어디 있나, 인생 역전이다.

하지만 끝이 안 좋은 경우도 많다.

돈 관리를 잘못해서 파산하는 사람들도 있다.

벼락부자가 됐다가 쫄딱 망하는 것도

인생 역전이라면 인생 역전일 테다.

아니, 인생 역전의 역전이라 해야 하나.

"빨리 익으면 빨리 썩고 쉽게 얻은 것은 쉽게 잃는다"고,

"공짜 점심은 없다"고,

행운으로 일확천금을 거머쥐고 싶은 사행심은

노력 없이 인생 역전하겠다는 인간의 욕망이다.

2022년, 102세의 철학자인 김형석 교수는

어느 TV 대담 프로그램에 출연해서

"사랑이 있는 고생이 행복이다"라고 말했다.

슬하에 6남매를 뒀는데,

언젠가 막내딸이 그의 부인에게

"6남매를 키우느라고 엄마가 고생하신 것이

마음 아프다"라고 말했다.

부인은 "너희 6남매를 키울 때가 행복했다"라고 말했다.

그 이야기를 부인에게 전해들은 그는

많은 생각을 하게 되었다.

결국 사랑이 있는 고생이 가장 행복한 거라고…….

요즘 우리는 고생 안 하고 편하게 살고 싶어 한다.

요령껏 꾀부리고, 보이지 않는 지름길을 찾으려 하고,

행운이 잇따라 터지길 원하고,

엄청난 기적이 내 눈앞에 나타나기를 기대한다.

목표한 꿈을 위해 누구보다 노력했고,

노력의 대가로 얻어낸 결과를 맞이했을 때

그 기쁨은 말로 표현할 수가 없다.

미국 시골 마을에

만화 그리기를 좋아하는 소년이 있었다.

아버지는 떠돌이 목수였는데
큰 돈을 벌지 못했다.
만화 그리기에 몰두하는 게
배고픔을 잊는 방법이었다.
아버지를 따라 도시로 이사한 소년은
용돈을 벌면서 만화 그리기에 매달렸다.
신문에 나오는 연재만화를 보면서
신문에 만화를 그려보겠다는 꿈을 키웠다.

성인이 돼서 신문사에 꾸준히 만화를 투고한 끝에
마침내 꿈을 이룰 수 있었다.
신문 삽화가가 된 것이다.
하지만 담당 국장이 그의 만화가 마음에 들지 않는다고
끊임없이 질책했고 결국 그를 해고했다.
하지만 그는 만화를 포기하지 않고
낡은 창고에서 그림을 그렸다.
그러다가 창고에 드나드는 생쥐를 보고
불현듯 아이디어가 떠올랐다.
'미키마우스'는 그렇게 탄생했다.
미키마우스가 대박을 터뜨리며

그는 인생 역전을 실현했다.

그가 바로 월트 디즈니다.

월트 디즈니는

월트 디즈니사, 디즈니 스튜디오, 디즈니랜드를 비롯해

영화, TV, 라디오, 케이블방송, 위성방송,

최근에는 디즈니 플러스에 이르기까지

모든 매스컴을 총망라한

글로벌 미디어 그룹을 이룩했다.

전 세계 어린이들을 사로잡았던 700여 편의 주옥같은

애니메이션이 월트 디즈니 작품이다.

생쥐 한 마리가 그에게

엄청난 행운과 기적, 인생 역전을 이루게 했다.

만화에 대한 월트 디즈니의 집념과 눈물겨운 고생이

생쥐를 남다른 눈으로 볼 수 있게 만들었다.

목이 마르면 샘을 파내야 한다.

샘을 파내고 우물 파는 것을 귀찮아한다면

물을 얻을 수 없다.

역시나 공짜 점심은 없다.

땀을 쏟으며 고생해야 정말 좋은 땅을 찾을 수 있고
그 땅을 열심히 파내는 피나는 노력을 통해
샘물을 만날 수 있다.
노력은 운을 만들고 기적을 만든다.
그냥 찾아오는 운은 그냥 사라질 뿐이다.

영국의 저명한 심리학자 리처드 와이즈먼은
"운은 노력하는 자를 따라다닌다"고 했다.
자신이 불운하다고 느끼는 사람이 있다면
그 불운을 행운으로 바꾸는 노력을 경험하길 권한다.
노력은 행운을 찾아오게 만든다.
어제보다 오늘 조금이라도 더 성과를 낸다면
당신은 노력으로 운을 찾아오게 만드는 사람이다.

어두운 밤길을
안전하게 걷는 방법

바닷속 생태를 다루는 TV 프로그램에서 수천, 수만 마리
몸집 작은 물고기들이 한 덩어리가 돼서
움직이는 모습을 보았다.
먼바다에서 물고기를 잡는 대형 어선이 어군탐지기로
이런 어마어마한 물고기 떼를 찾아내면 대박이 난다.

작은 물고기들은 왜 그렇게 한 덩어리로 뭉쳐서 살까?
대답은 간단하다.
생존을 위해 그렇게 진화했다.
깊고 드넓은 바다에서 작은 물고기 혼자 헤엄치다가
고래나 상어 같은 큰 물고기를 만나면
꼼짝없이 먹이가 된다.

하지만 서로 뭉쳐 엄청나게 큰 한 덩어리로 헤엄치면
각 개체가 생존할 수 있는 확률이 커진다.
고래나 상어도 그런 물고기 떼를 만나면
덩어리를 몽땅 먹어 치우지 못한다.
덩어리 속으로 파고들어가 몇 마리만 잡아먹을 뿐이다.
이렇듯 무리로 다니면 개체 수를 늘릴 수 있다.

요즘 청년 세대가 크게 분노하는 것은 당연하다.
그들이 겪고 있는 현실이 암울할뿐더러
다가올 미래 또한 암울할 예정이기 때문이다.
청년들은 희망을 품고 미래를 향해 나아가고자 한다.
미래는 어떻게 달라질지
예측하기 어려운 캄캄한 밤길과도 같다.
'이 어둠을 뚫고 꿈을 펼칠 수 있을까' 더없이 불안하다.
그것이 내 탓이 아니라 오늘날 시대 탓이라면
울분을 참을 수가 없다.

그런데 말이다.
성내고 분노를 터뜨린다고 세상이 달라질까?
자신만 피폐해질 뿐 갑자기 달라지지 않는다.

어쩔 수 없이 캄캄한 밤길을 걸어가서 살아남아야 한다.

프랑스인들은 어둠이 깔리기 시작하는 황혼을
'개와 늑대의 시간'이라고 표현한다.
날이 어두워지기 시작하면
조금 떨어진 곳에 있는 짐승이
내가 기르는 개인지 나를 해치는 늑대인지
분간하기 어렵다는 뜻이다.
그래서 밤길은 무섭고 불안하다.

혼자서 어둡고 외진 밤길을 가자면
작은 소리만 들려도 온몸이 오싹하고 부들부들 떨린다.
하지만 둘이서 걸으면 덜 무섭다.
함께 대화하며 걸으면 무서움을 잊을 수 있다.
더구나 여럿이 함께 걸으면 마음 편하게 웃고 떠들고
오히려 밤길이 즐겁다.

나 혼자보다 우리라는 다수로
불확실한 미래에 대처하는 지혜가 필요하다.
각자의 꿈과 꿈을 공유하면

좋은 아이디어와 구체적인 계획이
대화 속에서 나올지도 모른다.
그럴수록 하루하루가 즐겁고 저절로 용기가 솟는다.
미래가 불안하기보다 오히려 기다려진다.
그것이 함께하는 보람이고, 즐거움이다.
작은 물고기들이 서로 뭉치는 생존 전략처럼
성공 확률도 크게 높아진다.

어부들은 태풍이 불거나
날씨가 너무 궂으면 바다에 나가지 못한다.
그렇다고 그냥 공치고 놀지 않는다.
맑은 날의 조업을 위해
그물을 손질하고 어구들을 정비한다.

어려운 시기라도 내가 앞으로 무엇을 어떻게 할 것인가.
내 꿈을 어떻게 준비할 것이고,
내일을 위해 어떤 삶을 살아갈 것인가.
미리 준비하면 어떤 고난도 이겨낼 수 있다.
미래를 열심히 준비하면 반드시 좋은 기회가 온다.

헛된 미래를 꿈꾸라는 것이 아니다.

내가 만들어낼 미래를 꿈꾸라는 것이다.

신이 인간에게 '희망'이란 단어를 선사한 의미를

다시 한번 되새겨보는 거다.

불안한 삶에 대한 해답을 '희망'이란 단어로 압축해보면

컴컴한 방 한가운데

살짝 비치는

햇살처럼

든든하다.

너는
누구니?

구직 청년들이 힘들어하는 것 중 하나가 '자기소개서'다.
대개 기업에서는 반드시 자기소개서를 요구한다.
한마디로 말하자면 기업이 구직자들에게
'너는 누구니?'라고 질문을 던지는 것이다.

처음 누군가에게 자신을 소개할 때면
이름, 나이, 직업 따위만 말한다.
자기소개서는 자신이 살아온 삶, 가치관,
목표, 특기, 기업에 취업하려는 이유 등
평소에는 고민하지 않았던 부분까지 고민해봐야 한다.
친구, 선배하고 의논해보지만 어딘지 미흡한 것만 같다.
자기소개서는 정답이 없기 때문이다.

모범 답안이 있을 수가 없다.

자기소개서 쓰기가 어려운 이유는
글솜씨나 어휘력 문제도 있겠지만,
근본적으로는 그동안 자신의 정체성을
제대로 확립하지 못하고
어영부영 대충 살아왔기 때문일지도 모른다.
평소에는 생각도 안 해본 자신의 존재 가치를
거창하게 적으려니까 어려울 수밖에 없다.
자신의 가치를 꾸미거나 과장해서 쓰면 안 된다.
전문가들은 과장되고 꾸며낸 글을 단번에 알아차린다.

한가지 분명히 알아둬야 할 사실이 있다.
인생 경험이 풍부한 중장년이라면 몰라도
청년의 정체성 형성은
자기 노력만으로는 이루어지지 않는다.
자신이 생각하는 인생 목표, 신념, 가치 등을 결합해
정체성을 만들고 달달 외우고 부르짖는다고 해서
정체성이 형성되는 게 아니다.
자기 정체성은 나보다 남들이 인정해야 한다.

친구나 남들이 나를 어떻게 평가하느냐에 달려 있다.
그들이 나를 어떤 캐릭터로 인정하느냐에 달려 있다.

'인정 認定'은 확실히 그렇다고 여기는 것,
어떤 사실의 존재 여부나
옳고 그름을 판단하는 것을 의미한다.
좀 더 정확하게 인정이라는 표현을 알기 위해
나라는 주어를 바탕으로
'인정하다'와 '인정받다'를 나눠서 들여다보자.
"그것은 내 실수였음을 인정했다"
"나는 범죄 사실을 인정했다"처럼
'인정하다'는 자백과 비슷하고
바람직하지 못한 경우가 대부분이다.

반면 '인정받다'는 남들이 나를 인정하는 것이다.
내가 지닌 바른 가치, 긍정적인 성격,
내 능력이나 재능 따위를 남들이 인정해주는 것이다.

'인정받다'를 조금 더 넓게 표현하면
한 사회에서 나라는 사람이 존중받고 있다는 의미다.

우리 인간에게는 '인정욕구'가 있다.

인정받음으로써 나를 향한 확신이 생기고,

나를 향한 자부심이 생긴다.

내가 사회에서 필요한 사람이라는,

내가 나로 가득 채워지는 삶이 느껴진다.

철학자 이정은 박사는

《사람은 왜 인정받고 싶어 하나》에서

"내가 원하는 모든 일이 전적으로 나에 의해서만

결정되고 실행되는 것은 아니다.

자신을 둘러싼 타인들과

그 타인들과 맺는 다양한 형태의 관계 등,

사회적 조건들에 좌우된다"고 했다.

다시 말하면 내가 하는 평소 행동에는

인간관계 및 사회적 조건에서

인정받고 싶다는 욕구가 내재해 있다.

인정욕구가 내 삶을 지배할 수도 있다는 이야기다.

"일상생활에서 나타나는 고통과 행복은

*　　이정은, 살림, 2005

이렇듯 인정욕구로 좌우되므로
삶을 깊이 있게 들여다보면 인간의 모든 행동은
인정욕구를 충족하려는
노력의 연속임을 알 수 있다"고 했다.

정체성이란 어떤 존재가 지닌 고유한 특성에
인정욕구가 더해지는 일이다.
본인이 기질적으로 지니던 특성과 타인에게
인정받고 싶은 욕구가 결합된다.

내 정체성에는 사실 타인이 숨어 있다.
타인의 영향에서 내 삶은 벗어날 수 없다.
그렇기에 우리는 삶에서 중심을 잘 잡지 못하고
망망대해의 부표처럼 불안을 겪는지도 모른다.
이런 나를 객관적으로 봐줄 사람이,
내 모든 것을 깊이 있게 잘 아는 사람이,
바로 '너'가 있어야 한다.
연인도 '너'다.
네가 나를 인정하기 때문에 연인이 됐고,
나 또한 너를, 변함없이 인정하기 때문에

사랑하고 결혼하는 것이다.
그다음 '너'는 영원히 함께할 참다운 친구로서 '너'다.
누구보다 나를 깊이 있게 인정하는 사람이다.

조금 더 본질적인 질문을 해본다.
친구나 남들에게 인정받으려면 어떡해야 할까?
나도 그들을 인정해야 나를 인정해주는
진정한 친구나 동료가 생긴다.

나는 과연 친구나 동료를 위해 무엇을 했는가?
나는 그들에게 얼마나 필요한 존재인가?
나는 그들을 위해 베풀고 노력했는가?
친구에게 최선을 다했다면
내가 그를 인정하고 사랑하는 것이다.
그러면 친구도 기꺼이 나를 인정하고 사랑해줄 것이다.
우리는 참다운 '너와 내'가 된다.

🦋

유전자는
이기적이다

우리 삶이 아무리 팍팍하고 메말랐어도
연말이면 마음을 녹여주는 훈훈한 미담들이 들려온다.

전북 전주에는 '얼굴 없는 천사'가 있다.
그는 2021년 연말에도 7천여 만 원을 기부했다.
해마다 주민센터에 전화를 걸어
기부금을 놓아둔 장소만 알려주는데
지금까지 22년 동안 무려 8억여 만 원을 기부했다.

"성산교회 오르막길에 주차된 트럭에 상자가 있습니다.
불우한 이웃을 위해 써주세요."

상자 안에는,

"소년 소녀 가장 여러분 힘내시고 새해 복 많이 받으세요.

불우한 이웃을 도와주시고

따뜻한 한 해가 됐으면 좋겠습니다"라고 적힌

메모지와 함께 동전이 가득 찬 돼지 저금통까지

들어 있는 걸 보면 큰 부자는 아닌 것 같다.

서울 월곡동에도 어려운 사람들을 위해 12년째 해마다

쌀 300포대씩 기부하는 얼굴 없는 천사가 있다.

또한 경기 구리시에는 폐지로 모은 돈 1천만 원을

기부한 노인도 있다.

모든 동물에게는 생존 본능이 있다.

생존을 위해 먹거리를 찾아다닌다.

생존을 위협하는 갖가지 위험에 맞서

독이나 뿔 같은 방어 수단을 지니고 있다.

모든 동물이 그러하다.

오로지 자기 생존이 그들 삶의 전부다.

하지만 우리 인간은 다르다.

내가 사는 것보다 남과 함께 사는 것이
더 중요한 사람들이 있다.
분명 내 것을 남에게 나눠주는 일은 손해 보는 행위다.
기부하는 사람들은 도대체 왜 자신에게
손해가 되는 행위를 하는 것일까?

《이기적 유전자》*의 저자 리처드 도킨스는
"모든 생명체의 유전자는 이기적"이라고 했다.
각 생명체가 지닌 유전자들은 자신을 위해
이기적으로 작동한다는 것이다.
물론 이에 대해 학자들 사이에는 많은 논란이 있었다.

길거리 걸인을 보면 그냥 지나치지 못하고
동전 한 닢이라도 동냥 그릇에 넣어주는 이들이 많다.
유럽에서는 거리의 악사들을 쉽게 볼 수 있다.

악기 연주나 노래를 들은 구경꾼들은
케이스에 돈을 넣는다.

*   리처드 도킨스, 홍영남 외 역, 을유문화사, 2018

연주를 감상한 답례라지만 엄밀히 말하면 기부다.

왜 그럴까?
걸인이나 거리의 악사를 그냥 지나치지 않고
푼돈이라도 주는 걸까?
심리 전문가들은 그런 행위가 자신을 위한 거라고 한다.
불우한 사람을 보고 지나치면 마음이 편치 못해서다.
기부는 사실 자신을 위한 이기적인 행동일지 모른다.

용서도 그렇다.
자신에게 큰 피해를 준 상대방이 있다면,
그는 용서 못 할 복수의 대상이다.
복수하지 못한다면 평생 원수가 된다.
그럼에도 그를 용서하겠다는 건 무슨 심정일까?
그것 역시 자신을 위한 행동이다.
원수 같은 상대방을 용서해 자신을 짓누르는
강한 분노에서 벗어나고 싶은 것이다.
다시 말해 자신의 '이기적 유전자'가 작동한 것이다.

《이기적 유전자》에서 도킨스도 이렇게 말했다.

"남을 먼저 배려하면 그 남이 내가 될 수 있다.
서로 지켜주고 함께 협력하는 것은
내 몸의 이기적 유전자를 지키기 위한
가장 좋은 방법이다."
타인에게 받은 스트레스를
타인에 대한 배려로 해소할 수 있다니
얼마나 심오한 아이러니인가.
나를 자유롭게 하려고 타인을 용서한다니
또 얼마나 심오한 유전자인가.

복잡하게 생각은 그만하고
단순하게 문장을 적어본다.
나를 지키기 위해 남을 배려하자.
그 배려가 나를 스트레스에서 자유롭게 해주고
타인이 내게 갖는 신뢰로 이어진다.
'까짓것 한번 양보한다.'
변화는 항상 작은 데서 시작된다.

241

PART 7

우리
사랑하기로 합시다

우리 인간에게는 버튼이 하나 있는데
이 버튼은 눈물을 통해서 눌린다.
공감이 멈추지 않는다.
타인을 향한 마음이 멈추지 않는다.
그럴 때 우리는 세상에서 가장 따뜻한 존재가 된다.
내가 아닌 우리가 된다.

당신에겐 남을 도와줄
두 손이 있어

어느 심리학자가 인간관계와 관련해서
'7:2:1 법칙'을 제시했다.
열 명 가운데 일곱 명은 나한테 관심이 없고
두 명은 나를 싫어하고 한 명은 나를 좋아한다는 것이다.

글쎄? 그 법칙의 신뢰도를
선뜻 동의하기는 어렵지만 한가지 분명한 건
누군가 나를 싫어하는 사람이 있다는 사실이다.
하기야 나도 싫어하는 사람, 미워하는 사람이 있다.

많은 사람이 나를 싫어하거나
미워하는 사람은 없을 거라고 착각한다.

"연인과 성격 차이로 심하게 다투고 헤어졌다거나,
크게 싸우고 서로 원수처럼 지내는 사람이 없는데
누가 나를 싫어하고 미워하겠어?"라며
그렇게 자기중심적으로 판단하기 때문인지도 모른다.
그게 아니면 자신의 인간관계가 무던한 편이기에
남들이 자신을 미워하지 않을 거라고
생각할지도 모른다.

내가 누구를 싫어하고 미워하든,
남들이 나를 싫어하고 미워하든
그것에는 그럴 만한 이유가 있다.
이러한 애증 관계는 전혀 모르는 사람들이 아니라
잘 아는 친구나 동료, 학교 동창, 선후배 등
가까운 사람들 사이에 자주 생긴다.
애증 관계의 이유를 살펴보면,
내가 따라갈 수 없는 뛰어난 능력에 대한 시기와 질투.
나하고 치열하게 경쟁하지만 항상 앞서가는 라이벌.
누군가를 왕따시킨 주동자나 동조자.
지나치게 항상 자기 자랑을 떠벌리는 자.
거짓말이 심하고 겉과 속이 다른 이중인격자.

이 밖에도 내 취향과 정반대라든가,
사사건건 내 주장에 반대하는 사람이라든가,
이유 없이 밉고 싫은 자도 있다.

대다수 사람은 자기가 미움받고 있는 줄 잘 모른다.
예컨대, 학창 시절 집단 따돌림을 당한 학생은
자기를 왕따시킨 주동자, 동조자들을
낱낱이 기억하며 끝까지 증오한다.
하지만 학교를 졸업하고 세월이 흐른 뒤,
가해자들은 자기가 미움받았던 사실을 모른다.
그러다가 성인이 되고
어쩌다 연예계나 스포츠계에서 이름을 날리다가
과거가 폭로돼 호되게 당한다.

먼저 자기 입장에서 볼 때
누가 나를 미워하는지 알 수도 있고 모를 수도 있다.
어찌 됐든 나를 미워하는 사람들은 그들의 감정이니까
내가 어떻게 할 수 없다.
'7:2:1의 법칙'으로 보면 나를 좋아하는 사람보다
싫어하고 미워하는 사람이 더 많다.

내가 누군가에게 미움받고 있다는 사실은
즐거운 일이 아니다.

일부러 틈을 내서라도
조용히 자신을 반성해볼 필요가 있다.
누군가 나를 미워한다면 왜 미워하고 싫어할까?
내 말과 행동을 되새겨보는 과정에서
어떤 문제점을 알아낸다면 다행이다.
그 문제점들을 하나씩 말없이 고쳐 나간다면
"OO가 달라졌어"라는 말이 들려오고
그만큼 나를 싫어하는 사람도 줄어들 것이다.

하지만 그보다 더 중요한 건
내가 싫어하고 미워하는 사람들이다.
자기감정은 자신이 조절할 수 있기 때문이다.
자기가 그 친구를 왜 싫어하고 미워하게 됐는지
스스로 잘 알고 있다.
그 친구의 무엇인가를 오해하는 건 없는지,
능력이 뛰어나 항상 나보다 앞서가기 때문은 아닌지,
교만하고 자기 자랑이 심해서 싫어하는지,

나를 이용하려 하고 피해를 주기 때문에 미워하는지,
나를 얕잡아보고 차별하기 때문에 미워하는지,
내가 좋아하는 이성을 가로채서 미워하는지.

고민하다 보면 자기가 미워하는 사람마다
제각기 그 이유가 드러날 것이다.
싫고 밉더라도 자꾸 외면하거나 피하면
더욱 멀어져 결국 남남이 된다.
오히려 다가가는 게 좋다.
그 친구가 어떤 어려움을 겪고 있다면
앞장서서 도와주고, 오해가 있다면 솔직히 사과하라.
그 친구를 꾸준히 진심으로 대하고 많이 베풀면
나를 대하는 태도가 달라지고 미움이 사라진다.
남과 함께 나누는 삶의 첫번째 포인트는
미움을 줄이는 거다.

아무도 나를 미워하는 사람이 없다고 해서
자랑할 것도 없다.
아무도 내게 별 관심을 보이지 않기 때문이다.
부처님, 예수님도 싫어하는 자들이 있었다.

자신을 미워하는 사람을 그와 똑같이 미워하지 마라.

뜻밖에 그의 도움을 받게 될지도 모른다.

앞일은 아무도 모른다.

앞날을 알 수 없는 것이 세상사, 인간사다.

영원한 건 아무것도 없다.

친구야,
이제 내 말 좀 들어줘

나이가 들어갈수록 참다운 지인은 줄어든다.
눈에서 멀어지면 마음도 멀어진다고 하듯이
지인이라도 생활환경, 활동 범위가 완전히 달라져
만날 기회가 점점 줄어들고
끝내는 남처럼 멀어져버린다.

그렇더라도 멀리서 그 지인의 근황을 알게 될 때가 있다.
만약에, 만약에 말이다.
그가 잘못된 길을 가고 있다면 어찌할 텐가?
그가 해서는 안 될 짓에 빠져 있다면 어찌할 텐가?
사이가 멀어졌지만 그래도 소중한 사람이라면
어떡하든지 최선을 다해 그를 파탄의 늪에서

구출하는 게 참다운 인정이다.

청년들이 쉽게 빠져드는 것 중 하나가 마약의 유혹이다.
겉보기에는 극소수의 청년들이 호기심으로
마약을 흡입하는 듯 보이지만 그렇지 않다.
일부만 범법자로 드러나기 때문이다.
청년들이 마약의 유혹에 빠지는 이유는
여러 가지겠지만 세 가지로 나눠볼 수 있다.

첫째, 아무것도 되는 일이 없는 암담한 현실에서
쌓여가는 스트레스와 고통을 잊기 위해.
둘째, 집안이 부유하다든가, 인기 있는 연예인이라든가,
경제적으로 여유 있는 청년들이 쾌락을 위해.
셋째, 별다른 걱정 없이 무미건조한 생활을 하는
청년들이 변화를 추구하고 자극을 받으려고.

스위스는 세계 제일의 복지국가다.
여러 복지 혜택이 잘되어 있어
청년들에게 걱정거리가 없다고 해도 과언이 아니다.
걱정거리가 없으니 자극을 받으려고 마약을 복용한다.

그것이 스위스 청년들의 가장 큰 사회적 문제라고 한다.

청년들이 마약보다 더 많이 빠져 있는 건
인터넷 도박이다.
힘들이지 않고 손쉽게 일확천금을 얻으려는
욕심 때문에 도박에 손을 댄다.
큰돈이 오가는 도박은
짜릿한 긴장감 때문에 시간 가는 줄 모른다.
도박은 원래 판을 제공하는 자가 따게 돼 있다.
속임수가 아니더라도 그렇게 설계되어 있다.
라스베이거스나 마카오의 카지노를 보라.

또 하나 빼놓을 수 없는 게 사이비종교다.
소위 지식인이라 불리는 청년들이
사이비종교에 빠지는 경우를 많이 본다.
우리나라뿐만 아니라 세계적으로 수많은 청년이
사이비종교에 빠진다.
새로운 일에 호기심을 갖는 청년들의 특성도 있겠지만
근본적인 이유는 자기 정체성이 미완성된 데 있다.
뚜렷한 주관 없이 정신적으로 방황하기 때문이다.

사이비종교, 이단종교 등은 독버섯과도 같다.

조금 심하게 말하면 사회악이다.

그런 집단에서는 신도들을 끌어모으기 위해

겉으로는 기독교나 불교와 같이

정통적인 종교의 한 종파처럼 위장한다.

사이비종교의 교주는 자신을 신격화하고

성경과 같은 경전의 한구절을

자의적이고 극단적으로 풀이해서 내세운다.

영생永生, 종말론, 천국을 강조한다.

냉철한 이성으로 깊이 생각하면

얼마나 허무맹랑한지 쉽게 알 수 있는데

똑똑한 청년들마저 이에 걸려든다.

사이비종교는 쉽게 정체가 드러나기 때문에

일단 끌어모은 신도들을 철저하게 감시하고 통제한다.

인터넷 정보, 사생활, 감정까지 빈틈없이 통제한다.

신도들의 이탈을 막기 위해

폭력행사는 물론이고 집단생활을 강요한다.

그 때문에 가출, 재산 헌납 등으로 가정이 파탄난다.

청년들의 인생은 회복되기 어려울 만큼 망가진다.

지금도 잘못된 종교에 빠진 청년들이 많다.

마약, 도박, 사이비종교 적어도 이 세 가지는

힘들게 발을 빼더라도 범법자가 되거나

심한 후유증에 시달린다.

친구가 그런 것에 빠져 있다면 어찌하겠는가?

마약중독, 도박중독이 됐다면

스스로 빠져나오기는 어렵다.

그렇다고 남 일처럼 파탄의 늪에 빠진 친구를

외면할 수는 없지 않은가.

혼자서 친구를 구하기는 힘들 것이다.

마약중독은 생리적으로 끊기 어렵고,

도박중독은 잃은 돈을 찾기 위해 집요하게 덤벼든다.

빈털터리가 되면 도박할 돈을 구하려고 별짓을 다한다.

사이비종교에 빠진 친구는

나까지 전도하려고 열을 올린다.

사람들은 오히려 구출하려는 사람을 비웃는다.

여럿이서 함께 나서야 한다.

마약이나 도박중독자는 자신의 행동이

옳지 않다는 것을 알기 때문에
여러 친구가 함께 중단할 것을 설득하면
차츰 효과가 난다.

여럿이 합심해서 집요하게 그 친구를 추적해
사이비종교의 위험성을 끈질기게 알려야 한다.
그렇게 해도 좋은 성과를 얻는다는 보장은 없다.
하지만 그냥 방관하고 있는 것보다는 낫다.
정말 다행스럽게 그 친구가 악의 소굴에서 빠져나온다면
또 한 사람의 영원한 절친을 얻는 것이다.

외로움과 어울림,
그 빛과 그림자

〈나는 자연인이다〉라는 TV 프로그램이 있다.
대개 이런저런 이유로
깊은 산속에 들어가서 세상과 등진 채
혼자 살아가는 사람들의 일상을 보여준다.
치명적 질환으로 인해
건강이 나빠져 산속으로 들어온 사람,
무엇인가 실패했던 사람이 많다.
나무가 많은 산속에서 신선한 자연과 맑은 공기,
온갖 약초를 찾아내 섭취함으로써 건강을 회복하고
나름대로 자연과 더불어 열심히 살아간다.

산속에 들어온 지 짧게는 몇 년,

길게는 10년 이상 살면서

그럭저럭 자신의 삶에 만족하며 살아간다.

세상과 단절한 채 살아가니 별다른 스트레스도 없다.

'나 혼자 산다'를 몸소 실천하는 거다.

하지만 그것이 전부다.

그 이상도 그 이하도 아니다.

그들은 도시에서 벗어난 삶에 만족할지 모르겠지만

내가 볼 때는 정체된 일상에 불과하다.

또 그들은 외로움에 시달린다.

외로움을 잊기 위해 일거리를 만들고 바쁘게 산다.

산에 올라가 땔감을 마련하고, 약초를 캐고,

버섯을 따고, 갖가지 채소를 재배하고,

거처를 끊임없이 손질하는 등 쉴 새 없이 움직인다.

그나마 자연이라는 벗이 있기에

고립감에서 벗어나고, 외로움을 잊을 수 있다.

아니, 외로움을 잊으려고 한다.

도시 생활을 하는 현대인들의 고립 역시 심각하다.

도시는 인구가 밀집된 곳으로

이기는 자만이 살아남는 승자독식의 치열한 전쟁터다.

경쟁에서 패배하고 밀려나면

그곳은 또 다른 외로움의 서식지가 된다.

통계청 조사에 따르면,

2021년, 우리 국민의 '사회적 고립도'는 34.1퍼센트란다.

국민 세 명 가운데 한 명은 사회와 단절된 채

고립된 생활을 하고 있다.

그것은 자연과 도시의 구분조차 무의미하게 만든다.

'사회적 고립도'는 인적, 경제적, 정신적 도움을

구할 곳이 없는 사람의 비율이 얼마인지 나타내는 지표다.

코로나19 팬데믹으로 인해

사회와 단절된 1인 가구와 독거노인 등이 늘어나면서

사회적 고립도가 갈수록 높아져간다.

청년 세대들의 사회적 고립도 역시 점점 높아져간다.

우울할 때 대화할 상대가 없고,

위로해주고 도움줄 사람도 없다.

사회적 단절과 고립은 가혹한 외로움을 동반한다.

코로나19 팬데믹의 영향을 무시할 수 없지만,
청년 세대들의 고립에는 여러 요인이 있다.
치열한 경쟁에서 밀려나는 일은
주변 사람에게 도태되고 배제되는 일이다.
모든 사람이 적으로, 경쟁 상대로 느껴진다.
그러면 외로워진다.
경제적 어려움, 실직으로 인한
감당하기 어려운 사회적 압박이
가족과 친구들과의 갈등으로 이어진다.
심한 외로움과 회의를 느끼며
스스로 사회와 단절하는 '은둔형 외톨이'가 되고 만다.

외로움을 밖으로 표출하는 사람들도 있다.
자신을 외롭게 만든 사회나 공동체에 불만을 품고
'묻지 마 범죄'를 저지르거나,
불특정 다수에게 총기 난사 등을 행하는
'외로운 늑대'가 그런 경우다.

사람들은 누구나 오늘과 다른 내일,
좀 더 발전적인 변화를 기대한다.

그것이 '희망'이다.
독일의 철학자 이마누엘 칸트는 '행복의 조건'이
"하는 일이 있고, 사랑하는 사람이 있고,
희망이 있는 것"이라고 했다.

청년 세대들은 사랑이 없고,
희망은 체념한 것이나 다름없다.
발전적 변화는 기대하기 어렵다.
고뇌에 빠질수록 미래보다는 과거에 머물게 되고
망상과 분노에 사로잡혀 인생의 패배자가 되고 만다.

그럼 어떡해야 할까?
어떻게 외로움에서 벗어날 수 있을까?
한때, 마음을 치유하기 위한
힐링 여행이 크게 유행했다.
힐링 여행도 도움이 되고
심리치료를 받는 방법도 도움이 된다.
가장 좋은 방법은 스스로 고립된 상태에서
벗어나기 위해 적극적으로 노력하고,
타인을 향해 마음을 활짝 여는 것이다.

'어울림'이라는 아름다운 말이 있다.
성격이 다른 둘 이상의 사람이나 물건이
서로 조화를 잘 이룬다는 뜻도 있지만,
여럿이 함께 어우러진다는 뜻도 있다.
사람들과 어울리도록 노력하는 게 최선이다.

학교나 동아리, 직장에서
남달리 인기가 많은 사람이 있다.
그의 주변에는 항상 많은 친구가 모여든다.
자신도 그 틈에 끼어보면 어떨까?
왜 그의 주변에 사람들이 모이는지,
그의 말과 행동 등을 배우려고 노력해보면 어떨까.
누군가 내 친구가 되어주기를 기대하지 말고
내가 먼저 다가가 그의 친구가 되어보자.
나를 알리고, 내 문제들을 공유하며
여러 사람과 대화하는 것이다.
진정한 대화를 나눌 친구가 있으면
외로움은 저절로 사라진다.

나를 폐쇄적으로 가두지 말고

개방적인 마음으로 남들과 함께 어울리면
고뇌를 해결할 구체적 방안을 얻고,
삶에 새로운 의욕과 용기가 생긴다.

외로움은 발전적 변화에 치명적 걸림돌이다.
스스로 고립돼서 얻을 수 있는 건 아무것도 없다.

당신의 애인이
되겠습니다

세상이 삭막하다.

다들 자기 살기 바쁘다.

대단지 아파트에 수천 가구가 살지만

바로 옆집에 누가 사는지 알기나 할까.

혼자 사는 사람들도 늘어났다.

서울만 하더라도 1인 가구 인구 비율이

30퍼센트를 넘어섰다.

많은 사람이 모여 살아도 교류하는 사람은 드물고

진정한 친구도 드물다.

서로 알고 지내는 이웃일지라도 친밀한 소통은 없다.

동창이 많아도 졸업하고 뿔뿔이 흩어지면 그뿐이다.

이런 현실에서 결혼식에 와줄 하객이 없는 것은
어찌 보면 당연한 처사다.
남들 보기 부끄럽다고 가짜 하객들을 동원한다.
주례를 맡아줄 마땅한 어른도 없다.
돈으로 고용된 사람들이 예식장 자리를 채운다.
내 곁에 사람이 없기 때문에
돈으로 딱 하루만 사람을 채운다.

우리나라뿐만 아니라 일본도 그렇다.
부모 대행, 남편 대행, 아내 대행까지
모든 대행이 다 있다.
그런 와중에 애인 대행도 성업 중이라고 한다.

'당신의 애인이 되겠습니다.'
인터넷에 대행업체 관련 광고가 올라온다.
애인이 없는 남녀가 몇 시간 또는 하루 이틀
가짜 애인을 대여한다.
커플 동반 모임이나,
애인도 없냐고 추궁당하는 자리에 요긴하게 활용된다.
가짜 애인이지만 고용된 시간 동안

진짜 애인처럼 행동한다.

이런 가짜 인간관계는 정상적인 인간관계가

원만하지 못한 데서 나온다.

가슴을 열어 놓고

허물없이 대화할 사람이 없는 것에서 나온다.

가짜 인간관계로 이렇게 삶을 가리다 보면

서글플 수밖에 없다.

가짜로 가득하니 그 삶이 어떨까.

그러면 어떻게 해야 하나.

나를 열어놓고 상대를 찾아볼 일이다.

내가 손 내밀어 친구를 만들어야 한다.

평생을 함께할 수 있는

참다운 친구를 가져보는 거다.

내 휴대폰에 저장된 친구가 몇 명이나 되는지,

SNS 친구는 많아도 진정한 친구는 몇 명이나 되는지,

나를 반성해볼 일이다.

친구 최대치를 150명이라 했을 때 통계적으로

그중 친한 친구는 열다섯 명,

절친은 다섯 명 정도라고 한다.

요즘은 다섯 명의 절친도 없는 사람이 많다.

다섯 명까지는 필요하지도 않다.

단 한 명 진짜 허물없이 만날 친구,

그런 참다운 친구가 있다면 그 삶은 외롭지 않다.

80세가 넘는 일본 해녀 할머니들을 TV에서 보았다.

고령에도 매번 물질을 했는데

매우 건강하고 활기차게 보였다.

진행자는 80세가 넘어도

물질을 할 수 있는 건강 비결을 물었다.

"우리는 스트레스가 없어요."

또래 해녀 친구들이 있기에 스트레스가 없다고 말했다.

매일 같이 함께 모여서 물질을 하고, 식사를 하고,

거리낌 없이 온갖 대화를 나누다 보면

스트레스가 사라진다고 한다.

어떤 대화라도 함께할 참다운 친구가 있다면

스트레스를 받더라도 수다 떨면서 털어낸다.

나를 사랑하는 사람들과 함께 건강하게 살 수 있다.

그대는
나의 동반자

동반자는 아랍어로 '라피끄 Rafik'라고 한다.
'어머니'나 '사랑'을 아름다운 우리말이라고 하듯이,
아랍인들에게는 '라피끄'가
가장 아름다운 아랍어로 손꼽는다.
가도 가도 끝이 없는 모래사막을 낙타에 의지해서
머나먼 장삿길을 오가는 아랍의 상인들.
짧게는 몇 달, 길게는 몇 년씩 걸리는 머나먼 길에
함께 다니는 동반자가 없다면
얼마나 외롭고 삭막할까?

영국의 어느 신문사에서 국민을 대상으로 퀴즈를 냈다.
'런던에서 맨체스터까지 가장 빨리 갈 방법은 무엇인가?'

그 거리가 얼마나 되는지 자세히 모르겠다면
'서울에서 인천까지 가장 빨리 갈 방법은 무엇인가?'
정도로 이해하면 될 것이다.
큰 액수의 상금 때문에 물리학자, 수학자, 지리학자 등
여러 전문가가 응모했고
직장인, 학생과 같은 일반인들도 응모했다.
어떤 답이 과연 1등이었을까?
어떤 답이 가장 빨리 가는 방법이었을까?

그 답은 '좋은 친구와 함께 가는 것'이었다.
"혼자 가면 빨리 가지만 함께 가면 멀리 간다"라는
아프리카 속담을 앞서 소개했지만,
좋은 친구와 함께 가면 빨리 갈 수도 있다.
둘이 대화하다 보면 시간 가는 줄 모른다.
내가 가는 힘들고 험한 길에
함께 갈 수 있는 친구가 있다면,
그는 진정한 나의 동반자다.

흔히 인생의 동반자라고 하면
남편이나 아내를 떠올린다.

하지만 나는 친구를 떠올린다.

친구는 '너'라고 불리는 사람이며

모든 것을 공감해주는 사람이다.

서로 눈빛만 봐도 마음을 읽을 수 있고,

항상 서로 그리워하고,

혈육인 가족 못지않게 큰 관심을 기울이고,

어쩌면 영원히 머릿속에서 지워지지 않는 바로 '너'다.

우리말로 '벗'이라고 하는 '친구親舊'는 한자어다.

한자의 '친할 친親'자를 풀어보면

설 입立+나무 목木+볼 견見이 합쳐진 글자다.

즉 '나무 위에 서서 바라본다'는 뜻이다.

어느 산골에 어머니와 아들이 살았다.

아들이 먼 길을 떠나면서 어머니가 걱정할까 봐

몇 월 며칠, 몇 시까지는 돌아오겠다고 약속했다.

그날이 왔고 어머니는 문밖에 나가 아들을 기다렸다.

하지만 아들은 약속 시간이 지나도 나타나지 않았다.

어머니는 걱정되기 시작했다.

조금이라도 빨리 보고 싶은 마음으로

나무 위에 올라가 아들이 나타나기를 기다렸다.
이 옛날이야기가 '친할 친^親'자의 유래라고 한다.

어머니가 아들을 기다리듯이
깊은 애정으로 당신을 대한다는 의미가 담겨서일까.
'친' 자가 들어가는
친절, 친밀, 친숙, 친화력, 친척, 친구 등
관련 어휘들은 대개 좋은 의미가 있다.

내가 어려울 때 도움을 주고, 같이 고민하고,
격려하는 내 인생의 진정한 동반자인
'너'가 있다는 건 축복이며 행복이다.

월마트를 창업한 미국의 억만장자 샘 월튼은
임종을 앞두고 자신의 삶을 돌아보며
진정한 친구라고 부를 사람이 없다는 것을 깨닫고
크게 후회했다고 한다.

청년 시절에 이런저런 인연으로 맺어진 친구는 많다.
하지만 내 인생에 동반자가 될 참다운 벗은

몇 명이나 되는지 세어 보라.
뜻밖에 너무 적거나 아예 한 사람도 없을 수 있다.
샘 웰튼처럼 후회하지 말고,
내가 먼저 '너'의 동반자가 되도록 다가가라.
'너'와의 첫 만남은 하늘이 맺어준 인연이라지만
그다음부터는 사람이 만들어가는 인연이라고 한다.

나무 위에 올라 아들이 돌아오기를
목 빠지게 기다리던 어머니처럼
아무리 먼 곳에서 오더라도
안절부절못하며 기다려지는 너.
다정하게 서로의 이름 부르는 너.
내가 잘되면 너를 천리만리 데려가고
네가 잘되면 나를 아무리 먼 곳이라도 데리고 가는
인생의 영원한 동반자는 내가 만든다.

내 삶의 목적과
목표는 무엇인가?

이 세상의 중심은 나다.

나를 중심으로 일어나는 모든 일은 내가 선택한, 그래서 내가 책임져야 하는 일이다.

그런데 말이다. 내 의지대로 이 세상에 태어난 것이 아니고 내 선택과 결정대로 죽는 것이 아니듯이, 나에게 있어서만큼은 내가 이 세상의 주인공이라 할지라도, 반드시 내 뜻대로, 내가 원하는 대로 되는 것은 아니다.

자연의 세계에서 인간은 동물이다. 나도 동물이다. 무리를 이루어 사는 동물들이 그렇듯이 인간도 다른 인간들과 더불어 살아간다. 아니, 더불어 살아갈 수밖에 없다. 점잖게 표현해서 인간은 사회적동물이다.

영화나 드라마에서 여러 조연과 단역들이 있어야 주인 공도 있다. 내가 내 삶의 주인공이라도 수많은 인물이 도 와주고 협력해야 주인공이 빛날 수 있다.

우리 인간은 어떻게 만물의 영장이 됐나? 그 까닭을 두 고 인류학자들은 뛰어난 지능, 말(언어)을 할 수 있던 능 력 등을 손꼽기도 하지만 '이타심'을 손꼽는 학자가 더 많 다. 다른 동물들에게는 본능적인 모성애 이외에는 이타 심이 없다. 철저하게 적자생존의 세계다. 하지만 우리 인 간은 다르다. 서로 배려하고, 서로 돕고, 서로 나누며 함 께 어울려 살아간다.

뉴질랜드의 에드먼드 힐러리 경이 세계 최고봉 에베레 스트를 최초로 정복했지만 혼자가 아니었다. 영국 등반 대의 헌신적인 지원과 네팔 현지인 세르파 텐징 노르가 이의 절대적인 도움이 있었기에 함께 정상에 오를 수 있 었다.

호날두나 메시가 세계 최고의 축구 선수지만 혼자서는

열한 명으로 구성된 상대 팀을 결코 이길 수 없다.

나는 나로 살면 당당하고 거리낄 것이 없다. 그렇더라도 나는 왜 사는가? 내 삶의 목적과 목표는 무엇인가?

결론은 간단하다. 나뿐만 아니라 누구나 비슷하다. 내가 꿈꾼 목표를 꼭 이룩해서 성공하고 행복하게 살려는 거다. 한마디로 줄이자면 행복! 행복하게 살려는 거다.

만일 내가 나만의 삶을 산다면 일순간은 자기만족에 취해 행복할 수도 있겠지만 진정한 삶의 성취를 누릴 수는 없다. 우리라서, 함께여서 행복한 삶이다.

서로 배려하고 나누는 이타심으로 우리 인류가 만물 가운데 가장 성공하고 번성했듯이, 내가 나로 살지 않는 게 나를 성공과 행복으로 이끈다는 것을 알아주었으면 한다.

이 책에서 당신이 공감한 이야기가 많이 있길 바라며.

우리 같이 좀 삽시다

1판 1쇄 발행 2022년 7월 14일

지 은 이 이서정
펴 낸 이 신혜경
펴 낸 곳 마음의숲

대   표 권대웅
주   간 박현종
편   집 김도경 최현지
디 자 인 박기연
마 케 팅 노근수

출판등록 2006년 8월 1일(제2006 - 000159호)
주   소 서울시 마포구 와우산로30길 36 마음의숲빌딩(창전동 6 - 32)
전   화 (02) 322 - 3164~5 팩스 (02) 322 - 3166
이 메 일 maumsup@naver.com
인스타그램 @maumsup
용지 (주)타라유통· 인쇄 ·제본 (주)에이치이피

ⓒ이서정, 2022
ISBN 979-11-6285-118-0 (03810)